青春之美，
治校 18 方略。
为什么是 18 方略？
我想青春就在 18 岁绽放！

——张民才

青春之美

QINGCHUN ZHI MEI

张民才 著

内蒙古科学技术出版社

图书在版编目（CIP）数据

青春之美 / 张民才著. — 赤峰 : 内蒙古科学技术
出版社，2019.4（2022.6重印）
ISBN 978-7-5380-3076-1

Ⅰ.①青… Ⅱ.①张… Ⅲ.①散文集—中国—当代
Ⅳ.①I267

中国版本图书馆CIP数据核字（2019）第059010号

青春之美

作　　者：张民才
责任编辑：那　明
封面设计：永　胜
出版发行：内蒙古科学技术出版社
地　　址：赤峰市红山区哈达街南一段4号
网　　址：www.nm-kj.cn
邮购电话：0476-5888903
排　　版：赤峰市阿金奈图文制作有限责任公司
印　　刷：三河市华东印刷有限公司
字　　数：135千
开　　本：710mm×1000mm　1/16
印　　张：11.875
版　　次：2019年4月第1版
印　　次：2022年6月第3次印刷
书　　号：ISBN 978-7-5380-3076-1
定　　价：58.00元

内容简介

人生不断地追问答案——从哪？在哪？去哪？有没有那么一本书懂我，正青春的学子？

青春是一幅壮丽的风景画，丰富地呈现生长的力量、成长的快乐。当青春正逢其时，我们无暇描绘，而欲描绘之时，我们已不再青春，这样的青春描绘，谁来代笔？不带年代的色系，不带时代的印痕，每一次欣赏，都是无言的美好。

本书从18个关键字落笔，深入剖析了青春的教育内涵，力求由下至上、由内至外、由心至身全景式地呈现青春的愿景画卷。以家庭、学校、社会为切入点，以教育、教学、学习为主题，以教师、学生、人才为落笔处，为青春与梦想的完美衔接提供了诗意的方向与内涵，仁者见仁，智者见智。

青春是个大话题，每个人的心中都有一个永驻的青春。读懂本书，你就理解了青春之美，发现了人性光辉。以青春之美召唤人生之意义，呼唤之后，心灵随之苏醒。每个人的青春一直都在生命里闪光，只不过有的时候，我们忽略了青春独有的光芒，盲目于现实五光十色的璀璨，正如很难发现我们的身影一样，虽然影子一

直都在。

　　人生始于青春。正青春，正人生，读《青春之美》。

　　人生永远青春。正生活，正健康，品《青春之美》。

目　录

什么是青春　/ 1

◆　缘　/ 1

抓住今天　/ 1

《年轮》课程设计方案　/ 3

◆　过　/ 7

当年明月照心田　十五的月亮十六圆　/ 7

◆　非　/ 13

来自"才叔"的问候　/ 14

◆　爱　/ 17

◆　梦　/ 19

青春就是力量　/ 21

◆　场　/ 21

"互学"——学习方式下的学习共同体建设　/ 24

◆　展　/ 26

从相对中走出绝对　/ 27

◆　养　/ 31

精·气·神　／ 32

◆ 人　／ 36

女生节——为爱而行　／ 36

理性与感性　／ 45

◆ 才　／ 50

透过现象看本质　／ 50

青春就是美　／ 55

◆ 时　／ 55

远离尘嚣　近求真知　／ 55

◆ 伤　／ 59

人生之困与青春之美　／ 59

◆ 动　／ 64

极简主义·逻辑主义·实用主义　／ 64

◆ 恒　／ 67

◆ 悟　／ 73

什么是高中生入学该有的认知　／ 74

教育就是为做一道题　／ 79

◆ 论　／ 79

初心·使命·梦想　／ 79

◆ 课　／ 87

高中数学入门谈　／ 94

◆ 试　／ 95

2018中考备考建议　／ 95

新"行·品·知"解读　 ／ 110

第一部分：行——逻辑　 ／ 117

历史的回响　青春的奏鸣　 ／ 128

第二部分：品——境界　 ／ 135

第三部分：知——思维　 ／ 153

什么是青春

◆ 缘

青春是机遇+缘分。每月设置生日会，让生命更有意义。

抓住今天

九月出生的各位同学：生日快乐！

当教师这么多年，每月设置集体生日会，一直是我的夙愿，今天在这儿得以实现，我很欣慰。借今天这个特别的日子，我们把特别的爱献给特别的你们，在此想分享以下三个观点：

一是家国情怀。毫无疑问，就在昨天，"九·一八"事变纪念日，城里的这一天会响起警报，告诫世人，不忘国耻，自强不息。我们远离尘嚣，不曾听到长鸣的警报，但我们也一样内心澎湃。青年人，心怀高远，志在四方；保家卫国，义不容辞；前事不忘，后事之师。从小做起，从现在做起，严于律己，宽以待人，不断在学

习中成长，在成长中学习，让自己一天天变得强大，撑起祖国的一片天。我们是祖国的骄子，责任与担当是我们的品格。生日会让我们充满力量。

二是扬帆起航。高中元年的我们，敢于迈出历史的第一步，于是才有我们今天难得的缘分、今天珍贵的聚会。这段时间，我们不断适应新环境，接受新事物，学习新知识，认识新朋友，遇到新问题，大家都在尽力做到最好。在学生时期，我们不可能不犯错误，因为人都是从错误中成长起来的，否则谈不上成长。更难能可贵的是犯了错误后修复过错的行动。有心人，天不负，我希望我们不要被同一块石头绊倒。既然选择了目标，就要风雨兼程。生日本身意味着生命的起点，充满朝气与希望，让一路同行的我们互助互爱，共同进步。生日会让我们充满信心。

三是学会学习。青春是学习的最佳年龄，人生每一阶段都有不同的风景，错过了就意味着永远的失去。我们有条件、有精力、有时间，不学习就是人生的浪费，除此而外，我们还能做好什么？唯有学习，让我们后续的人生有方向、有保证、有奔头。学习场内认真听讲，积极回答问题，认真思考，敢于质疑，将学习进行到底。生日会让我们充满决心。

学习的路上苦乐相伴，我们离开父母离开家，每年就少了过生日的机会，少不了自己生日当天的小孤独或是小伤感，最多告诉身边的好友，也只是稍许安慰。"才叔"懂你们，全体教师懂你们，全体学生懂你们，帮你们圆梦。成长的路上不寂寞，生日的祝福不孤单。真正为学生着想，从某种意义上讲，也是对自己青少

年时期求学遗憾的一个慰藉，我希望我所带给学生的教育一定是基于学生成长能够经受一生考验的创新之教育。我希望大家带着对生日的美好向往妥善处理好自己的学习生活。每个同学都会在生日当月收到我们设计的生日聚会通知，让爱连接你、我、他，共同许下一个心愿——三年相伴，一生永恒！生日会让我们充满温馨与感动。

如果非得在这特别的日子说句祝福的寄语，我想说"抓住今天"。无数个"今天"凝聚成生命，今天我们借九月出生的师生的祝福之日，感悟生命中的美好，愿我们在这儿的每一个人，享受当下，抓住今天，争取更优秀的明天。

一句话——记得当年，不负流年！谢谢！

《年轮》课程设计方案

没有蛋糕的祝福，却有青春的雕花。

——题记

一、时间：2018年10月29日，星期一

二、地点：2018A01学习场

三、人物：教师与学生

四、准备

1.音乐 2.贺卡 3.诗创作 4.当月过生日学生名单 5.照片

五、程序

（一）主题曲——张碧晨《年轮》

《年轮》(电视剧《花千骨》插曲)，演唱：张碧晨。

圆圈勾勒成指纹/印在我的嘴唇/回忆苦涩的吻痕/是树根/春去秋来的茂盛/却遮住了黄昏/寒夜剩我一个人/等清晨/世间最毒的仇恨/是有缘却无分/可惜你从未心疼/我的笨/荒草丛生的青春/倒也过得安稳/代替你陪着我的/是年轮/数着一圈圈年轮/我认真/将心事都封存/密密麻麻是我的自尊/修改一次次离分/我承认/曾幻想过永恒/可惜从没人陪我演这剧本

导师分享观点——

● 孤独是一份心静,也是心境。

● 青春是年轮的心。

● 美与伤总是凄婉,让青春产生愁。

● 感恩与缘分是双胞胎。

● 抓住青春,抓住年轮,抓住成长。

● 孤独的海洋,学习是唯一的小船。

● 真正的快乐,是内心的宁静与丰富,不是表面的喧哗与浮躁。

● 人生与时间赛跑,不可能阻止时间的脚步,因此不可能阻止年轮的增长,只有抓住今天,瞬间化为永恒,存在化为意义。

● 年轻一定要有激情与梦想。

● 青春是奋斗的年华。

(二)青春献歌—— Beyond《光辉岁月》

钟声响起归家的讯号/在他生命里/仿佛带点唏嘘/黑色肌肤给他的意义/是一生奉献肤色斗争中/年月把拥有变做逝去/疲倦的双眼带着期望/今天只有残留的躯壳/迎接光辉岁月/风

雨中抱紧自由/一生经过彷徨的挣扎/自信可改变未来/问谁又能做到/可否不分肤色的界限/在这土地里/不分你我高低/缤纷色彩显出的美丽/是因它没有分开每种色彩/年月把拥有变做逝去/疲倦的双眼带着期望/今天只有残留的躯壳/迎接光辉岁月/风雨中抱紧自由/一生经过彷徨的挣扎/自信可改变未来/问谁又能做到/今天只有残留的躯壳/迎接光辉岁月/风雨中抱紧自由/一生经过彷徨的挣扎/自信可改变未来/问谁又能做到

导师分享观点——

● 这是Beyond乐队写给曼德拉的歌。

● 矢志不渝，自信未来，百折不挠，光辉岁月。

● 一支乐队，一个人，感动世界。

● 身边不乏榜样，世界总有奇迹。

● 为什么平凡总是我？伟大、传奇，是否永远是个不可企及的梦？

纳尔逊·罗利赫拉赫拉·曼德拉(Nelson Rolihlahla Mandela，1918年7月18日至2013年12月5日)，出生于南非特兰斯凯，先后获南非大学文学士和威特沃特斯兰德大学律师资格。曾任非国大青年联盟全国书记、主席。于1994年至1999年间任南非总统，是首位黑人总统，被尊称为"南非国父"。在任职总统前，曼德拉是积极的反种族隔离人士，同时也是非洲国民大会的武装组织民族之矛的领袖。当他领导反种族隔离运动时，南非法院以密谋推翻政府等罪名将他定罪。依据判决，曼德拉在牢中服刑了27年。1990年出狱后，转而支持调解与协商，并在推动多元族群

民主的过渡期挺身领导南非。自种族隔离制度终结以来，曼德拉受到了来自世界各界的赞许，包括从前的反对者。曼德拉在40年来获得了超过100个奖项，其中最显著的便是1993年的诺贝尔和平奖。2004年，其被选为最伟大的南非人。

（三）岁月独白——当月过生日的学生独白

（四）真诚传递——当场书写贺卡贺语

（五）完美年轮——诗朗诵《青春里》

青春里　作者：张民才

（男）笛声响起/列车徐徐/青春的五味瓶/呼啸地呐喊/奔涌/向那迷茫的远方

（女）风景/不停地变幻/叮咛/一句又一句/青春里的事/串起一个个面孔/诉说着天南地北

（男）白天与黑夜/加速/交替/心灵的指针/转个不停/有人吃喝/有人看书/有人睡去/也有人/望着窗外

（女）总有轨迹/重合/交叉/模糊在行走中

（男）总有时光/唏嘘/感叹/回忆在红尘里

（合）总有一些人/青春里走过/陪伴/感恩/雕刻在生命中

（合）总有一个个站台/选择/停留/继续/奔驰的人生

倡议：期中考试在即，以此为契机，积极备考，发挥每个人的优势，回报青春里相遇的感恩人。

后序：①场刊报道课程，存入学生档案。②贺卡存入学生档案。③月月开展《年轮》课程，结合当月学生的学习状态，以相关主题切入创作课程，丰富学生的青春世界，让学生的心灵尽情飞翔。

◆ 过

　　青春是过。过有三境：错误、经历、超越。学校追求"看得见的时光"哲学，以二十四节气为节点，将传统文化与教育故事完美结合。学校将美食文化与节气文化完美结合，发现就餐文化，体验节气文化。处在学校的文化之地，衣、食、住、行皆映射教育。以中秋节为例，新学期刚刚开始数周的教学，即使这样，由于初、高中的衔接问题及学生学力的转型升级，教师与学生或多或少都会出现教学阻力，为此，在十六的晚上，因为十五的月亮十六圆，学生举行中秋月下诗词朗诵会，教师举行茶话会，互道心声，共商发展，坚定信心，砥砺前行。希望师生互相借鉴，师道之存，学生所获，师生同道，善莫大焉。

当年明月照心田　十五的月亮十六圆

　　人生反过来活，我们会逆生长，可能会遇到更多的问题，但有一点不可否认，我们学会了大道至简。

　　生命之树的成长，首先是营养的供给，阳光、空气、水分、温度为我们营造一个生态圈。其次是环境的洗礼，风雨也好，旱涝也罢，困难纷纷扰扰，一刻不得闲。再次是价值的构造，年轮的意义就是岁月的使命，我们哪怕为小鸟栖息抑或是取木为材，至少是为了燃烧，也是生命的闪光。最初以为适者生存不适者淘汰的我们，渐渐发现自己可以在创造中逐渐进化，生命演算出不同

的答案。

有一种事业叫创造。历史在创造中演绎，逝者如斯，不舍昼夜，请闻鸡起舞吧。正如海浪是地球的脉搏，每一次跳动就是浪花的飞舞，后浪推前浪，大浪总淘沙。事件总会发生，事情总会发现，事物总会发展，历史的脚步就是创造的轨迹。同样是创造，不一样的人其轨迹一定不会重合，正如人们对幸福的理解不尽相同，痛苦的境遇也千差万别。一所学校，教师与学生共同为了重合的生命奋斗在前行的道路上，选择什么? 珍惜什么? 努力什么? 我们完成了从未知到已知的探索。将自己所从事的工作抑或学习当作自己生命的投入，回报生命的最好方式就是让生命听从内心的召唤。做该做的事就是少浪费生命，学该学的事就是少迷茫青春。课程是长长的跑道，有人呐喊，有人助威，有人超越。学会反思，懂得运用，时光会检验每个人的智慧。历史不可复制，人生不能重来，在与时光只争朝夕的同时，请尊重自己的言行，让言行合一的自己活出创造力。请发挥自己的特色，让知行合一的自己活出领导力。请展现自己的才华，让学思合一的自己活出学习力。力之所使，生之所成，有心、有力、有创造。

有一种教育叫感动。讴歌生命的本原，赞叹生命的美好，好奇心驱动探索的脚步。教育即生活，生活即成长，成长即改变，改变即学习。教育在变化中走出了不一样的时光之痕，无声却有痕。有没有一种教育令人难忘，有没有一种教育令人回味，生命不可重来，回忆却在记忆中历久弥新。以不同的方式纪念曾经的过往，历史证明的结果是不是当年的初心? 答案就是教育的自

白。有一种教育叫感动，感动师者的风采，感动自己的表现，感动生日的温馨，感动十六的月亮，感动苹果的惊喜。意想不到的不可能成为可能，当年明月，诗词为证，我曾为此歌一曲，不为卿狂，只为惊喜。一刹那的感动成为一生的催化剂，助燃生命的变化。有人、有事、有物、有情、有景，因此我们有了故事，有了一个感动的故事。于是，"一个苹果，一份祝福，十五的月亮十六圆。学生优秀，所以教师欣慰，看风景佳处，月亮代表我们的心"。以吾心换汝心，始知心之所重，心愿相通，成长相助，不枉良苦用心。一轮明月，一杯茶；一次相聚，一席话。谁解其中味？月亮代表我的心。教育也会开花结果，蓦然回首间，我们竟然发现，教育感动了我们自己。

有一种生活叫缘分。灵魂重构让相遇发生，我们都坚信"有缘千里来相会，无缘对面不相逢"。同伴决定成长的距离，敌人决定成长的高度。我们接受他人的挑战，无形之中也在挑战自我，生命因此有了飞跃。心与心的碰撞，火花在刹那间永恒，点亮了一生的激情。对待缘分最好的表达就是珍惜再珍惜，让时光有意义，让陪伴有意义，让生活有意义。人类是群居的，有聚散离合，或许不是天长地久，或许不是海枯石烂，握住缘分的手，记忆有了颜色。坦然面对现实，秉持个人操守，务实自我努力。缘分也要一段经营，没有天上掉下的馅饼，没有无缘无故的爱恨情仇，相信彼此才有未来可期，封闭自己就是故步自封。为爱留一扇窗，阳光自会洒满心房。

有一种爱情叫美好。只要人人都献出一点爱，世间将会变成

美好的人间。爱是情之始，情是爱之终，爱情不可分。有爱怎能无情？有情怎能缺爱？所谓爱情，狭义所指就是婚姻的源头，人间大爱比天地，广义上的爱情更为难得。因爱生情，欲望是身体的渴望，人类将感性迁移至理性，生命也因此生生不息。因情生爱，时光是心灵的呼唤，人类将曾经写成了赞美的华章，诉说着传说，演绎着传奇。将爱情化作一生去品味的咖啡，苦味也即甘甜。所以爱情是一种品质，请将它不可分割地加以保护，请将它绽放在适合的未来。人类圣洁的文明之花需要美的艺术哲学。懂得珍惜爱情就学会了欣赏，懂得赞美爱情就学会了尊重。无论学习还是工作，留下爱，洒下情，倾注时光，与人相处，与事磨合，学会共生。人类命运共同体犹如在历史海洋中行进的巨轮，爱情是穿越时光前进的动力。

有一种坚守叫学习。人生没有任何一个项目能够代替学习，终生可以学习，终生可以坚守。自古诗书历来都是先苦后甜，学习一定是磨砺之后的成长与发现。心态是学习过程中的天平砝码，稍一不留神，失去平衡就影响了学习进程，从而也干扰了人生观、价值观、世界观的内涵。保持好心态，请多从自身找问题的出口；营造好心态，请多以原谅的方式解决现实中的冲突。遇人遇事好像走到十字路口，等待些许分秒，让人先行或分清红绿灯，终点离自己更近了。学习是生命的主题，学习力是生命力的体现，讨厌学习可以有多种理由，但是令人讨厌的学习一定不是真正的学习，所以，请分清学习的真假后回归真正的学习。

学习的方式是"导学—互学—共学—自学"，教师与学生在

不同的时间对待不同的知识，自有其相对的处理方式。关键是每一步都要脚踏实地，切勿得陇望蜀。一山更比一山高，只有循序渐进，教学自会"悠然见南山"，也会"横看成岭侧成峰，远近高低各不同"，也会"一览众山小"，更会"五岳归来不看山，黄山归来不看岳"。

学习的方略是"导—理—策"，最佳的策略以引导为主，让学习深刻发生。最好的策略以人性为原则，协调感性与理性。最好的策略以鞭策为主张，唤醒学生的潜能。

学习的内容是"行—品—知"，让优秀成习惯，让健康成品质，让科学成追求。

学习场中发生的事情一定是学习的原生态，没有调查就没有发言权。感同身受就要身临其境，"纸上得来终觉浅，绝知此事要躬行"，持续深入学习场中，思想如同插上了翅膀。

学习要承前启后，但不要瞻前顾后，从而失去当下脚步的坚实。更不能拔苗助长，只要是走，哪怕很慢，终点也会一点点接近的。

"因材施教，教学相长，不耻下问，学而不思则罔，思而不学则殆，三人行必有吾师，道而弗牵，强而弗抑，开而弗达……"学习总在相对中走出绝对，学习总在共性中走出个性。你学与不学道理总在那里，你用与不用事实总在那里。如果想学习，总会有办法，坚信这一点，主动性就会增强，惰性就会减少。时间与精力总在相对中，你多用在学习上，就少一些徒劳的忙碌。

教师为教研付出思考，必须梳理出教材的逻辑结构，反复

在一次学习乃至数次学习中强调学科的核心思想与方法，举一反三，突出重点，分解难点，以重点与难点带动知识面，哪怕知识面不能一一实现，也不要担心学生遗漏知识而强行推进教学。以"精"、以"练"的前提是教师首先以"少"的设计突出"精"，并以"练"的实践改变"说"。学生由于习惯了题海训练，往往会出现发散思维的迟钝及理解性记忆退化的现象，教师要在教学中通过反复式强调与跟踪式检查，巩固和弥补学生短期中出现的学习力不够的问题。

教师要做智慧的引导者，坚决不能做当代的愚公，留作业最多的教师一定不是最好的教师。勤能补拙的前提是学生主动学习，如果是被动学习可能提高学生一时的成绩，扼杀的可能是学生一生的学习兴趣。

学生是学习的主体，教师要深入地了解学生，最好的办法是沟通与交流。有人说教育是爱，有人说教育是陪伴，有人说教育是责任，有人说教育是成长，有人说教育是生活，我想说教育就是最好的遇见，是人生轨迹重合的几年遇见。教师与学生各自将生命的一部分倾入同一段时光，故事由此发生。教育对于教师和学生来说，此时只有一句话："请珍惜自己的生命！"

有一种执着叫经验。珍惜时光的最好方式是学习时一定要注重学习效率，活动时一定要放松大脑，劳逸结合。抓住今天，注重当下。当问题出现时，当犹豫与彷徨时，请迅速问自己："现在最重要的是做什么？"做各科作业时有不均衡状况出现，在不影响听课学习的情况下，学会自主选择作业的完成方

式。学生是作业的主人，不是作业的奴隶。做与不做，作业都在那里。你做了的，不是作业也是作业；你不做的，是作业也不是作业。学习不仅是为了作业，作业也仅是为了学习。学习是为了不做作业，作业是为了不学习。学会倾听教师讲授重点与难点的处理方法与教授风格。不耻下问是解决问题的常态，不怕题多，就怕不问。不动笔是学习的天敌。学习的身边缺少演算纸，简直不可想象。听课笔记记录自己的学习，温故而知新，思维是高中学习的核心。学会自我管理，自食其力。坚决不能第二次犯同样的错误。做人做事必有原则与方法，冲动会出大祸。扬长避短，互相学习，观察要用心。"感恩、尊重、进步、奉献、奋斗、健康、习惯、科学"是时代的召唤。总盯着自己的苦恼，苦恼也会时刻缠着你。本着先放一放的心态，尝试转移注意力。吸烟、打群架是红线，坚决抵制，三年如一。向老师或同学说出憋在心里的话，烦恼将烟消云散。为人为学为高考，求真求实求进步。

多年以后，我们都会老去，岁月写在脸上，但愿老去的是容颜，不老的是我们不后悔。记忆如昨，当年明月照心田，十五的月亮十六圆……

◆ 非

孔子曰："非礼勿视，非礼勿听，非礼勿言，非礼勿动。"青春是"视+听+言+动"。学校层面的举措就是打造和谐的教育场。

视即时论空间，关注世界动态。听即艺术空间，音乐会、演唱会、静心课、动心课，始终贯穿艺术欣赏。言即演讲与口才，演讲口才，人文论坛。动即学生一优一缺工程，从长处与短处构建学生发展平台，寻求学生个性的突破。

从"是"的角度简化聚焦教育，从"非"的角度否定批判教育。教育是"是"与"非"的哲学。懂得是非就是明确知道教育应该做什么及坚决不做什么，也即坚守教育的原则。

来自"才叔"的问候

各位同学：欢迎你！

我是张民才。

1994年大学本科毕业直接到赤峰二中参加工作，1999年12月31日元旦通宵联欢晚会，学生在教室后门打出了"才哥"的巨幅大字，一夜之间，我的学生全改口叫我"才哥"，历届学生届届如此。2008年高一新学期，学生亦如此，当时我对学生说，我的年龄近乎于你们父母的年龄了，以后不要叫哥了，要叫就叫叔吧，从此"才叔"取代了"才哥"。

岁月不经流转，如今，我与诸位不期而遇。一次相遇，三年精彩；一声问候，三思答案。为了我们共同的期许，让我们追问青春。我知道我做得并不够好，但我此刻已经真诚地向你发出了召唤，路就在脚下，路就在前方，也希望你向我敞开心扉，反思并回答几个问题。

一是从自己开始，寻找自我，扬长避短。金无足赤，人无完

人，当非圣贤的我们过及己身的时候，生命就是一次考验。认清自己的优点，充满自信并坚持地走下去；发现自己的缺点，勇敢地修复与改正。自信与勇敢是患难兄弟。

你最大的优点是什么? 你最大的缺点是什么?

二是与他人合作，互相学习，取长补短。人类不是孤立的存在，我们在关系中生存，处理好与他人的关系是我们生活幸福的最根本保障。在做好自己的同时，寻求外力的帮助，从而促使自己更好地成长。借你一双慧眼，发现周围人的精彩吧。

你最想学习的长处是什么? 你最想修复的短处是什么?

三是正视世界。每个人都存在于一个独立的世界之中，这个世界就是你的眼界、胸怀和奋斗。你怎样看待这个世界，世界就会怎样回报你。世界可有可无、可生可死、可大可小、可苦可乐、可真可假，一个人在世界中的地位，可轻可重、可有可无，你与世界怎样链接，世界如何精彩，尽在一个人一生的定位与努力。亲爱的，请你告诉我，你是如何认识这个世界的呢?

你对世界的解读是什么? 你对世界的宣言是什么?

四是做新时代的年轻人。谁都有自己的偶像，偶像的存在，本身就是好奇心与吸引力的最好证明。年轻人充满渴望与追求，这是积极向上的人生观体现，因此为你而点赞! 希望偶像在你人生顺意时助兴你的快乐，希望偶像在你人生失意时帮助你渡过难关、重拾希望。学习偶像的优点，分析偶像作为一个人的价值与意义，反思自己的人生之路。如果偶像能够像明灯一样指引你

的人生方向，那你就用心去爱吧。

你的偶像简介是什么？你的偶像带给你的影响是什么？

五是读书好，读好书，让阅读陪伴你一生，做终生的阅读者。阅读就是与古今中外历史人物对话与交流，人类区别于其他动物的最根本因素就是对精神文明之花的传承。在人类的历史长河中，一个人的一生如白驹过隙，忽然而已！如果能够与漫漫历史长河中的人物对话，人生就跨越了时空。

你最爱的一本书是什么？最爱的理由是什么？

六是正视自己。走在学习的路上，无情岁月增中减，有味读书苦后甜。或多或少，你也有学习的心得。成功也好，失败也罢，不可否认的是学习之后的成长。前事不忘后事之师，处在中学的拐点，冷静地想一想，未来如何可期？

自己的学习优势是什么？自己的学习劣势是什么？

七是张扬个性。我希望男生睿智又阳刚，我希望女生聪慧又柔美，在青春的路上，各自展现不同的风景。如果我给你一个机会与舞台，你或你的团队想给异性的同学们展示怎样的才华呢？不妨直言。

你的性别是什么？我或我的团队想法是什么？

八是愿景描绘。创意青春无极限，我的青春我做主。你有没有对自己的高中做一番憧憬，或对自己的高中提出寄语？为什么不呢？你希望的样子可能就是你未来的样子。如果你有一些特长或爱好，需要带上自己的一些设备，比如吉他、电子琴等，开学可以带来，我们会专门找教室储存，安排时间让你在学习之余不忘

自己的爱好，同时提供机会让你展示才华。

我的高中憧憬是什么？我的高中寄语是什么？

没有调查就没有发言权，有了问候自然就有了方向，你的回答对我很重要。不要急于填写，用一个暑假围绕相关问题展开自己的反省。心智成熟需要一个过程，破茧成蝶需要自我挣扎，不经一番寒彻骨，哪来梅花扑鼻香？待到开学日，亲自将我的问候、你的回答交到我的手中，我会在仔细阅读你的文字之后将此信装入你的成长档案，作为一世的珍藏。期待你的精彩创造我们的未来。顺祝愉快！

才叔

2018年8月1日

◆ 爱

爱就是方式的表达。由拥有率向利用率转移。简单、实用、自由。化有形为无形，化有声为无声。随风潜入夜，润物细无声，此时无声胜有声。学生培养个性化，男生练武术，女生跳健美操。体育课程项目化，根据季节的不同，选择跳绳、长跑、踢足球、打篮球、跑马拉松。体育主要以训练、拓展、培养特长为突破。音乐课程艺术化，将茶艺的人文地理融入其中，钢琴曲、轻音乐、经典曲、年代曲编织历史的轨迹。美术课程实用化，走入社团，融入学校文化家园的构建中。实验操作课程化，培养观察与发现的兴趣与能力，将理论与实践深度融合。学生实践主题化，

三条路线图——"东坡"线、长征线、一带一路线是学生参悟一个人、一群人、地球人的样本范例。学习资源信息化,配网络电脑查资料,配普通电脑供学生打字,配课外阅读书籍与杂志供学生选用。将微机课程融入到小组学习之中。书法课程普及化,学会欣赏书法,将书法艺术与心智静养结合起来。

欧阳询结字《八诀》与三十六法形象勾勒了艺术的殿堂,完美呈现了境界的时空。八诀,汉字八种基本笔画的书写要诀。八诀的理论最初由楷书四大家之一的欧阳询提出。

"、(点)如高峰之坠石。乚(卧钩)似长空之初月。一(横)若千里之阵云。丨(竖)如万岁之枯藤。乀(戈勾)劲松倒折,落挂石崖。フ(折)如万钧之弩发。丿(撇)利剑截断犀象之角牙。㇏(捺)一波常三过笔。"

"澄神静虑,端己正容,秉笔思生,临池志逸。虚拳直腕,指齐掌空,意在笔前,文向思后。分间布白,勿令偏侧。墨淡则伤神采,绝浓必滞锋毫。肥则为钝,瘦则露骨,勿使伤于软弱,不须怒降为奇。四面停匀,八边具备,短长合度,粗细折中。心眼准程,疏密敧正。筋骨精神,随其大小。不可头轻尾重,无令左短右长,斜正如人,上称下载,东映西带,气宇融和,精神洒落。省此微言,孰为不可也。"

真正的教育,看什么都是教育,书法的艺术也不例外。从书法的艺术里,我们又何尝没有读出教育的感悟呢?教育是爱,爱是迁移。

◆ 梦

青春是"初心+使命+梦想"。青春始于心、践于行、圆于梦。创建一个心灵驿站——"心愿的天空+行走的人生+梦想的力量"。每一个梦都伴随着青少年心理分析课程。舞台剧呈现《少年维特之烦恼》，回眸歌德的少年时代。

少年维特原本平静和悦，从开始沉浸于自然的愉快中走进恋爱生活的陶醉里，又从恋爱的纠结苦痛中走向心灵的彷徨，从而产生了对人生的动摇。社会不是他想象的样子，处处与维特的心灵不协调。精神上的严重打击，最终使维特选择了自杀。少年维特的思想中渗透着对人生、世界、善恶、真伪、情欲、生死的纠缠，生命不堪忍受心灵的挣扎，成长是多么艰难的磨砺。

维特聪明绝顶，纯洁多情，温柔软弱，内心丰富。因为他深深的情感与浓浓的世界不协调，缺乏沟通，于是愉悦与苦痛相随。一方面爱自然、爱自由、爱美丽、爱幻想、爱真实；另一方面，礼教的虚无，形式的古板，成见的庸俗，时风的陈旧，忙碌的杂务让维特深恶痛绝。现实的矛盾无法解脱，一旦陷入与绿蒂的爱情，便不能自拔。绿蒂是美丽的，正如自然的美丽一样。维特热爱美丽，可美丽总与其失之交臂。绿蒂有男朋友，男朋友对维特是真诚的，这更让维特烦恼。当烦恼积累到不能排解的时候，便无法承受，并会不断走向犯错的自我报复之路，以致绿蒂也不再爱他，世间还有什么让他留恋？

少年维特的烦恼，代表了一类青少年成长的心路历程，曾经多么热爱生活与生命，可现实总是伤痕累累，生活如何继续呢？成长的烦恼谁来关注？我们又如何从烦恼中解脱出来走向成熟呢？每一个成长中的少年，都要将烦恼说出来，教育为你提供对话舞台。有时候，烦恼更像一阵风，无法管它，只需要倾听，说出来，也就随风而去了。问题是，谁来当观众并把故事听完呢？生命是充满艺术的，艺术是精神与物质的奋斗，精神镌刻于物质世界中，生命得以由静转动。思想犹如一道闪电，让人的灵魂在一刹那间受到震颤，艺术的效果就是那道思想的光芒。艺术有三种境界：写实、传神、妙悟。生命有三种境界：错误、经历、超越。珍惜生命就是珍惜艺术的生命。

青春就是力量

◆ **场**

　　立德笃行, 优化思维。青春的力量就是学习力, 关注学习力从场开始。场, 寻找平衡。理论与实践的平衡, 科学与人文的平衡, 时间与空间的平衡, 管理与教学的平衡, 教师与学生的平衡, 智商与情商的平衡, 运动与静止的平衡, 质变与量变的平衡。一所学校, 从功能属性上看, 关键是三个场: 教育场、教研场、学习场。教育场由学校负责人牵引, 教研场设定牵引人专门引领教师教学研究与学生智商培养, 学习场设定牵引人专门引领学习实践与学生情商培养。一所学校, 从时空属性上看, 主要是四个场: 地点场、时间场、运动场、作用场。地点场的主题是故事, 时间场的主题是节奏, 运动场的主题是生命, 作用场的主题是质量。场的构建离不开处所、舞台、范围、地点、数量、形式等要素。处所: 适合某种需要的较大的地方。舞台: 角色转换的空间。范围: 活动的区域。地

点:事情发生的地点。数量:文体活动的次数。形式:物质存在的一种基本形式,且有能量、动量、质量。实物间相互作用依靠有关场来实现。场提供学习发生的可能,学习反过来促成场的构建。

青春最好的证明就是学习力。人拥有持续的学习力,青春永驻。学习力是选择的生长点,追求一种平衡。学习力体现在时间与空间,古今中外的文明传承与文化脉络是知识海洋的奇观;学习力体现在身体与心灵,和谐的生命力就是学习的作用结果;学习力体现在感性与理性,思维方式是人与人的主要区别。关于学习,我们需要清楚学习的本质、学习的科学、学习的系统。

学习的本质关乎成长与进步。人类是矛盾的综合体,既简单又复杂。之所以简单,是因为人类不过是宇宙中的尘埃、时空中的闪电。之所以复杂,是因为人类创造了能量史、时间史、物质史、生命史,并从历史中产生了意识、产生了文化、产生了文明。正因为历史的传承,人类不甘于平凡,不断追求进步,只有成长才能进步,只有学习才能成长。历史为学习提供了知识的海洋,学习是人类不断解码人类历史、不断重新建构并体验生活秩序、不断发现并感悟生活意义的生命轨迹。

学习的科学关乎规律与方法。人类的学习是宇宙生态圈中存在的行走方式,物质条件、生理因素、技术能力、经济发展、文化差异、种族背景等因素成为生态圈中的制约与束缚因素,学习是从社会与历史中发现并构建文化认同的规律与方法,求同存异,促成人类历史不断向前继续发展的动力系统。

学习的系统关乎选择与协调。学习是人类在社会情境中动态

理解知识的思维过程。学习是学习者对他人与社会的重新碰撞与解读，并在知识的背景下反省自己重新选择认知系统、协调生活关系的改变过程。

学习是能力，这是学习的前后观，适合生存调节自我的能力，犹如接力，引一程送一程，正所谓"行到水流处，坐看云起时"。学习是科学，这是学习的左右观，构建生活之上的哲学，犹如饮食，食材不一，搭配不一，正所谓"乱花渐欲迷人眼，浅草才能没马蹄"。学习是境界，这是学习的上下观，每一个人眼中的世界只属于自己，犹如登楼，你看的与我看的风景不一样，正所谓"欲穷千里目，更上一层楼"。

深入学习就是将学习进行整合：感受生活，探究真理，批判思维，链接知识，注重节奏，换位思考，培养心智，掌握学习，突破问题，回归自我。

开展教学就是将教学进行融合：基于经验，基于动机，基于情境，基于互动，基于表达，基于问题，基于思维，基于系统，基于能力，基于成长。

学习是人生战略。日有所思，夜有所梦，感悟让学习升华，智慧的火花总在不经意间绽放，记录就在这一刻。心理是什么？心理是"心智+理智""学习=智慧"。学习是持续提升自己智慧的过程。时间管理保证学习，知识管理保证学习。案例学习与对话学习是学习的最主要形式。思考伴随学习始终。错误、经历、超越是学习的三个阶段。公平让学习收获回报。理解世界的最好方式就是学习。循序渐进是学习的最好途径。岁月无声却有痕，想象自己

未来的样子,接近未来的样子,时间会让你逐步变成你想象的模样。愿望或许真的成为奇迹。学习是变化的,是非、厚薄、横纵、多少、质量、分合,永远走在相对的路上。让学习触手可及,让读书随时随地,让思考无时无刻。

学习模式

内学习− 我怎么办?	逆学习↑为什么?		外学习+ 还有什么想法?
	思维	案例	
	对话	问题	
	顺学习↓原来如此!		

建构教学

教师	教研		学生
	置疑	质疑	
	析疑	探疑	
	学习		

建构学习

变化	学生		知识
	适应	学习	
	选择	进化	
	联系		

"互学"——学习方式下的学习共同体建设

在"导学、互学、共学、自学"的学习方式下,根据学习的不同阶段与学习内容及时调整学习方式,让学习真正发生。改变学习场的学习生态,将学习的主体回归到学生,寻求学习在联系中探究,寻求学习在变化中发展。

互学背景下的学习方式应注意哪些问题?

一是座位小组围坐。座位由现在的面向黑板平均就座改为6人一组,每组3对3对坐,面向南北,人数极少可按"U"形排列,便于学生表达和交流。

二是学习共同体的哲学。学习的未来有多远?同伴是你的长度,有了同伴的陪伴,合作学习才有可能。小组合作为学生选择同伴提供了实现的平台。在行业走向专业的社会背景下,学习也由群体走向个体,由集体主义走向自由个体,由一元化走向多元化,为此,小组合作将学习场个性化学习推向前沿,教师与学生关注的视角由整体状况精细为小组状况,由宏观管理走向微观治理。小组学习为比较分析提供平台,小组的设立增强了学生对小组的认同感,让学生更有归属感,学生有更多的心灵契合点,有更多的表达机会。学生间的交流远远多于师生之间的交流,只有对话与倾听,才能互相学习借鉴。学生之间的经验交流是无障碍的学习,这是学生间的微观比较学习,既互助又互利,发展学习共同体,同时也是学生团队意识培养的过程。在合作的同时,各小组之间的竞争也因此产生,小组间开展适度的比较学习,提高学习的效度,提高学习的积极性,在比较学习中,教师与学生也更容易发现学习中的各自问题以便及时改进。

三是小组建设的建议。每组6人,1人为组长,负责小组全面建设工作,其他5人每人分别担任5科的学科组长,学科负责人负责对组内相应学科的作业情况、听课状况的跟踪。组长负责小组的生活及学习,负责联络导师交流情况,负责与各组的协调与互相

学习，并为整个学习场的建设提供支持。各小组间也可开展学习的增值评价研究。各小组可轮流参与学习场治理。可发挥小组创意，增强小组合力，做好小组内成员的心理疏导工作，将影响学习的各种因素纳入小组治理过程之中。导师要及时指导小组学习。各小组开始诊断式档案的装档工作。

四是教师教学转型。教师作为导师及时跟进小组建设。教师的教学根据学习内容可按传统模式教学，可按合作方式开展交流对话的合作教学。不拘一格，一切从实际出发。既然形成小组的合作与竞争，教师就要因势利导，调动学生的学习积极性。小组合作将教师面向全体学生的教学前移至对小组的观察，教师可充分利用小组开展教学组织活动。教师的教研活动因此转移到学习场中对小组的观察上来。教师只有倾听学生的声音才会发现学生的精彩。学生也因此会在对话的精彩中培养发散思维，学习的效果也会更加真实有效。

五是学习场治理。学习场人数为48人，在当前背景下，人数仍然偏多，因为教师关注点有限，个别学生不在教师的视线之内，因此，面向每一个学生的教学几乎是空话。小组以团队的形式参与学习场治理，让每一个学生都有出彩的机会，形成轮流治理的氛围，增进学习场内民主元素的渗透。

◆ 展

兴才盛世，共享信息。拓展点：把学科学习拓展到全国教育

平台。伸展线：把实践活动伸展到全国教育基地。延展面：把高中管理延展到文化治学水平。发展体：把高中教学发展到专业治学状态。所谓"展"，举个例子，我一直想举办一个"政史地论坛"——话说世界12个地方。世界那么大，我想去看看，只看12个地方。视野是"展"的实质与内涵。看到"展"字，就联想到"大展宏图"，"展"需要这份激情。

从相对中走出绝对

在成长的路上，不乏问题。对待问题，我们的态度是"不怕有问题的人，不做有问题的人"。遇到问题，坚信总有解决的办法，我们不怕谈问题。

"路遥知马力，日久见人心"。时间验证世间的真理，成长是岁月刻骨铭心的痕迹，正因如此，一时的放纵往往造成终生的遗憾。曾经有一位老人，年轻时远行，遇到十字路口无法抉择，大路平坦，小路崎岖。因为选择了小路，吃尽了苦头，回头反思，应该为后来人指明方向，所以终日坐在十字路口，苦口婆心地奉劝过往的年轻人，走大路，不走小路。因为自己走过，所以知道。可是年轻人说，你能走，我们也能走，我们还年轻，怕什么，我们有的是时间。于是，老人的故事成了接力的延续。面对抉择，到底如何选择才是正确的？也许只有可能的论断。不管如何选择，都要知道人生的路千万条，更何况路是人走出来的。之所以放纵年轻，是因为有大把的时间，但一个人一定要知道，你的目标定位是什么。不知道去哪儿是可怕的，知道去哪儿，选择或苦或甜的生活

方式无可厚非，毕竟读书苦后甜，苦尽甘自来。选择的标准就是选择的意义，如果走大路，能够到达更广阔的平台，成就更大的梦想，时间的价值也不会比磨砺的意义少。所以，老人的教诲没错，有些事要听人劝，人生何处不风景，何必年少经沧桑。

尊严是成长的标志。人生的每一次相遇，总会有不适应，因为过往让人熟悉，渐渐失去了刺激力，人们学会了墨守成规，学会了不思进取，可是每个人的一生中身边不可能永远是同样的一群人，父母也不可能。人生中总会经历由陌生人变成熟悉人的过程，求学、求职、婚姻、子女让我们经历不同的境遇，您有没有感觉到？每一次改变都让我们的尊严面对考验，结果的考量让人尴尬，有人失去信心，有人陷入了沉沦。可从另外一个角度想，人生太公平了，你的努力有了分辨率，不曾听的话，不曾认真做的事，如今成为后悔的证据。亡羊补牢，为时不晚，请为过去失去的尊严"埋单"，不要为了明天的尊严重新出发。呵护成长就是守望尊严。

每个人都渴望成功，成功意味着超出常人的成就。努力必不可少，对待努力，不是看你付出多大的牺牲。一时之勇，匹夫之力，早已不是时代主流。当今世界，努力的内涵发生了深刻的改变。

一是方向比努力更重要。在任何时候，都要清醒地问自己：我的方向在哪里？路的出口在何方？不知道自己做什么的人是既可怜又可悲的。问问自己的内心，给自己一个交代。对自己而言，要想成为自己，最重要的是积极改变。行，继续；不行，改变。对，继续；不对，改变。要想成为自己，孤独是一座难关。成大事者，苦其心智的过程就是灵魂孤独的漂泊。经历了长夜漫漫，才有了理想

彼岸。

二是坚持是努力的试金石。失去了恒心与毅力，功亏一篑，屡见不鲜。人的一生，说其短，如白驹过隙，忽然而已。所以，请珍惜每一个今天，注重当下的时光，抓住今天。今天的敌人是犹豫，在每一个犹豫间，时间就匆匆地溜走了。人的一生，说其长，究其一生还做不出什么成就。有的人放弃了追求，有的人坚持到了终点，犹如跑马拉松，坚持到终点，总有人报以尊重的掌声。所以，坚持让人与人之间的境遇产生差异。你难道还没有发现，童年，我们差别不大，少年、青年、成年、中年、老年，仿佛我们都有可能成为鲁迅抑或是闰土。

三是平凡成就伟大。不积跬步，无以至千里；不积小流，无以成江海。水滴能穿石，铁杵能成针。更多的人是平凡的人，平凡的人不是低贱，将平凡做到极致的人就是伟大。《中学生守则》是平凡的，可是将其践行最好的能有几人？锻炼是好习惯，可是坚持锻炼的人占几成？忠言逆耳利于行，批评你是为你好，你真的能懂吗？正是因为许多人不甘于平凡，视平凡为俗物，结果高不成低不就，反而平庸。

世界发展，信息骤增，知识发生质变。存储知识不是目的，检索知识成为必要；记忆知识不是目的，运用知识成为必然。伴随发展的一定是发现与发生。我们从不同的地点走来，为了一个共同的目标。请时刻记住：给自己一个交代，给他人一个原谅，给世界一个证明。让我们从相对中发现，实现从相对到绝对的证明。

关于社会，一是红与黑。有人唱红脸，有人唱黑脸。生、旦、净、末、丑，角色不同，呈现的风采各不相同。二是多与少。人的欲望困惑人的行为，真正的人生不是多多益善，而是精益求精。三是因与果。灵魂的世界无法到达，万物皆缘，前因必然注定后果。

关于人，一是言与行。言行相悖的逻辑一定是知行不能合一，双面性格由此产生。二是师与生。学习场的场气就是师生之道。师生之道，学习之根。三是己与他。从一个人走向另一个人，进而朝向一群人，我们需要不断调整自己。

关于知识，一是主与次。抓住重点，抓住关键，让知识系统化。二是厚与薄。处理知识的能力就是整合，犹如吸收与消化，好比能量守恒。三是质与量。从内容到实质，从数量到质量，时间与效率体现公平。

关于学习，一是舍与得。博与专不可兼有，以点带面，学会迁移而已。二是苦与乐。将学习当作生命的一部分，学习也会成为体验与感受。三是早与晚。不舍昼夜，只争朝夕，与时间赛跑，比不过时间也能丰盈人生。

对待社会、人生、知识、学习，请多一分认真，多一分努力，多一分执着。多一分原谅看一切，多一分珍惜待自己。只有改变了自己，我们才有可能赢得世界。学校是人的精神家园，青春从这里扎根，我们用汗水浇灌，我们用智慧培育，我们用人格担当。历史已然在我们脚下，出发已然就在路上，请坚定我们的选择，勇敢地做下去，让不该发生的错误远离我们，静静地感悟学问的

精深，默默地欣赏生命的绽放。希望我们也能有朝一日由衷地感叹——天若有情天亦老，人生豪迈正青春。

恰同学少年，青春岁月，让我们学习吧！

◆ 养

专心致志，珍惜今天。办纯粹的教育，只要帮助不要补助，只要教育不要教训，只要学海不要题海，只要理解不要误解，只要成长不要成功。或许是一种幻想，其实幻想就是忘我境界的极致。

养离不开环境。情绪是能传染的，面对积极的更积极，面对消极的更消极。在一个环境中待久了，人要反思几个问题。自己是不是环境中的积极参与者？你的存在是使大家更快乐吗？他人对你的话语是认同、反对还是沉默？自己说多于做，还是做多于说？自己是不是读书示范者？养离不开耕耘。守株待兔不如亡羊补牢，亡羊补牢不如未雨绸缪。一分耕耘一分收获。

养离不开智慧。科学在于方法，真理在于规律，养离不开积累。人生从无到有，源于积累；人生从有到无，源于累积。养是感悟，养是供给，养是责任，养是滋润，养是帮助，养是习惯，养是积累，养是智慧，养是等待。

周报、月历、年会串联学校学年工作。及时总结，密切关注；积极推进，成果转换。改革最后一公里，是从上至下。造成教育的五大硬伤："考试、作业、记忆、训练、分数。"

教育最先一公里，是从下至上。修复教育的五大硬伤："考试、作业、记忆、训练、分数。"同样的问题，不同的需求，便会产生不同的影响。

精·气·神

万物自然，从古至今，中华文化一直渗透着精、气、神，这是中国人的品格。中国古代为人处世哲学讲究人的成长轨迹从修身、齐家、治国、平天下着力，这是中国人的操行。《菜根谭》（明·洪应明）《小窗幽记》（明·陈继儒）《围炉夜话》（清·王永彬）是中国古代关于修身的三部经典作品，从中不乏为人处世的心法，体现了精、气、神的智慧感悟，彰显了中华文化的精神内涵。让我们追寻前人的脚步，借鉴前人的经验，反省生活，活出自己。

首先谈精。

"欲做精金美玉的人品，定从烈火中煅来；思立掀天揭地的事功，须向薄冰上履过。"——明·洪应明《菜根谭》。人品与事功是磨砺后的证明。风光在险峰，少有人走的路因为有太多未知的困难，少有人的选择也一定是坚强之后的创造。

"从静中观物动，向闲处看人忙，才得超尘脱俗的趣味；遇忙处会偷闲，处闲中能取静，便是安身立命的功夫。"——明·洪应明《菜根谭》。事物的发展总是变化的。从变化的观点看人生，动静之道也。精之功夫要掌握动静之规律。

"知往日所行之非，则学日进矣；见世人可取者多，则德日进矣。"——清·王永彬《围炉夜话》。养精蓄锐讲究方法与艺

术，养的过程就是反思的过程。一方面向错误的过去反思自己，错误难免，贵在知错就改；另一方面向他人学习优点，人无完人，贵在内外兼修。持有反思之心即是学习之人，真正的学习一定是心存敬畏之举。所谓养，不是专看增加多少，更可贵的是看减少多少。毕竟增加无止境，可控因素较多；减少有范围，可控条件较少。

"驷马难追，吾欲三缄其口；隙驹易过，人当寸惜乎阴。"——明·陈继儒《小窗幽记》。人的精力是有限的，少说多做，珍惜光阴，将生命融入时光的意义。

"田园有真乐，不潇洒终为忙人；诵读有真趣，不玩味终为鄙夫；山水有真赏，不领会终为漫游；吟咏有真得，不解脱终为套语。"——明·陈继儒《小窗幽记》。认识世界最终的目的还是回归自然的怀抱，在自然中求得心灵的安宁，身心在自然中受到陶冶。一路走来，淡定、体会、感悟、参与是人之基本状态。

其次谈气。

"害人之心不可有，防人之心不可无，此戒疏于虑者；宁受人之欺，毋逆人之诈，此警伤于察者。二语并存，精明而浑厚矣。"——明·洪应明《菜根谭》。养气贵在育天地正气，精明浑厚之气需有虑有察。对于世间的好与坏，不可偏执一端，辩证地分析，客观地对待。正所谓"人间正道是沧桑"。

"宠辱不惊，闲看庭前花开花落；去留无意，漫随天外云卷云舒。"——明·洪应明《菜根谭》。气顺则平，人生有进退，得意与失意总会交替，江山代有才人出，一代新人换旧人，不过百年

的人生何必执念于世俗。看淡了世间的羁绊，就学会了淡定；看清了社会的烦忧，就学会了自如。

"观朱霞，悟其明丽；观白云，悟其卷舒；观山岳，悟其灵奇；观河海，悟其浩瀚，则俯仰间皆文章也。对绿竹，得其虚心；对黄华，得其晚节；对松柏，得其本性；对芝兰，得其幽芳，则游览处皆师友也。"——清·王永彬《围炉夜话》。孔子言："智者乐水，仁者乐山。"中华传统文化的山水观深深地影响了中国文人的精神世界，处处体现在绘画、建筑等美学艺术诸多方面，格物致知，天人合一，将自然的精神力量化为人格的高尚情操。红霞、白云、山岳、河海、绿竹、菊花、松柏、芝兰汇天地之灵气，人亦应有天地浩然之气。

"'博学笃志，切问近思'，此八字是收放心的功夫；'神闲气静，智深勇沉'，此八字是干大事的本领。"——清·王永彬《围炉夜话》。稳住心，沉住气，心气之法也。为人处世，一是学问功夫，二是实践功夫，困难时刻都存在，化解矛盾、解决问题的关键是人的主观能动性。

"大事、难事，看担当；逆境、顺境，看襟度；临喜、临怒，看涵养；群行、群止，看识见。"——明·陈继儒《小窗幽记》。气之所养成就人之胸怀。经历与抉择决定了人之高度。

最后谈神。

"天地无穷期，生命则有穷期，去一日便少一日；富贵有定数，学问则无定数，求一分便得一分。"——清·王永彬《围炉夜话》。生命有限，学问无限，如何在有限的生命中获得无限的学

问，这是生存的意义与价值所在。有的人追求名利权，有的人追求长命百岁，有的人追求精神境界的丰富与提高，因此人生难免存在舍得之举。有的人选择了一时，有的人选择了一世，有的人选择了过去，有的人选择了现在，有的人选择了将来，历史证明一切，时间验证真相，学问得一分是一分正好是生命去一日少一日的补充，懂得这个平衡的规律，生命在学问中将走向高贵，走向永恒。生命与学问的主旨就是人存在的核心价值。

"莲朝开而暮合，至不能合，则将落矣，富贵而无收敛意者，尚其鉴之。草春荣而冬枯，至于极枯，则又生矣，困穷而有振兴志者，亦如是也。"——清·王永彬《围炉夜话》。福祸相倚，贫富转化，无常人生亦有常。人活着，就是要有点精神，希望即是自然的力量。

"风来疏竹，风过而竹不留声；雁度寒潭，雁去而潭不留影。故君子事来而心始现，事去而心随空。"——明·洪应明《菜根谭》。活着要处事，处事必劳神。保持心态平和的方法是不为外物所累，遇事拿得起放得下，做时专心致志，闲时了无牵挂。

"黄叶无风自落，秋云不雨长阴。天若有情天亦老，摇摇幽恨难禁。惆怅旧欢如梦，觉来无处追寻。"——明·陈继儒《小窗幽记》。伤神源于伤感，落叶与愁云让人有感于物境。欢乐总是短暂的，时光总是易逝的，让人无法抓住幸福的手，从而干扰心境。将忧愁化作美好是一种修为，需要认清自己，善待自己，找到使自己不迷失、不迷惘的生活方式。

"竹外窥莺，树外窥水，峰外窥云，难道我有意无意；鸟来

窥人，月来窥酒，雪来窥书，却看他有情无情。"——明·陈继儒《小窗幽记》。神，情也。无情却有情，有情总被无情恼。落花有意不知流水无情，神之往，情所牵。

之所以谈精、气、神，是因为就想给心灵找个家，并从家出发，做点为家该做的事，对得起自己的家。养精、养气、养神，其实就是养家。

◆ 人

励志成人，贯通古今。何谓励？奖励、鼓励、勉励、激励。何谓人？自尊、自信、自爱、自强。教师的教育生活方式——做一个行、品、知合一的人！宁静做学问，淡泊看世界。一师三课：课程，按导学、互学、共学、自学的学习进程，书写课程方案。课题，将所选课题扎根教学一线，立足专业，深入持续研究。课读，选定一本书籍，精读并提炼主题，编织自己的教育生活，挖掘自己的教育主张。学高为师，身正为范。一师三评：学生评教师，民意反映学生心声。学业评教师，学生学有所成是为师根本。导师评教师，导师制是学生成长的坚强保障。学生的学习生活方式——做一个行、品、知合一的人！行，让优秀成习惯；品，让健康成品质；知，让科学成追求。

女生节——为爱而行

关爱女生，尊重女生，让教育走向个性化。我这个年纪，像

关爱自己女儿一样去欣赏青春的美丽。——题记

2018A01学习场男女生存在比例差异。每一个女生都内敛含蓄，矜持风雅，不善个性表达。为彰显女生的美，从培养女生的个性出发。通过此项活动让少数女生站出来表达自己，让多数男生关注少数的女生，形成尊重女性的学习场氛围，增进同学友谊，建立远大的志向与理想，形成高远的人生观与世界观。

女生的美丽在哪里？活动掠影显风采。一是才艺展示与表演：诗歌朗诵、讲故事、唱歌曲；二是人物选择与赏析：典型人物如宋庆龄、海伦、林徽因、居里夫人；三是主题构建与意义：尊重、选择、理想、操守。女生的品格在哪里？意义建构显光芒。一部女人的史诗就是一部经典传奇。

女性尊重自我。宋庆龄（1893年1月27日—1981年5月29日）是中国近代民族民主主义革命的开拓者，中国民主革命伟大先行者，中华民国和中国国民党的缔造者，三民主义的倡导者孙中山的妻子。1981年5月16日，全国人大常委会决定授予宋庆龄"中华人民共和国名誉主席"称号。宋庆龄是爱国主义、民主主义、国际主义、共产主义的伟大战士。她为国家和人民所建立的丰功伟绩，将永载史册。作为女性，宋庆龄可谓活出了生命的意义。

宋庆龄尊重自我，表现在学识与视野方面。美国佐治亚州梅肯市威斯里安学院文学士学位毕业，酷爱读书，喜爱音乐，犹爱钢琴，擅长烹饪，生活简朴，为人谦和。宋庆龄留学美国，出访苏联，旅居欧洲，出访亚洲，可谓足迹遍及世界，具有世界眼光。宋庆龄尊重自我，表现在对待爱情的选择上。1915年10月25日，宋

庆龄不顾父母的反对，毅然决定与流亡中的孙中山结婚，以坚定的步伐毫不犹豫地跟随孙中山踏上捍卫共和制度的艰苦斗争历程，危难时可以对孙中山说出"中国可以没有我，但不能没有你"的话语。1925年3月12日孙中山在北京逝世。10年的陪伴成就了一代伟大的爱情。此后，更是将革命生涯拓展终生。宋庆龄逝世后选择陪伴父母长眠，没有选择安葬在南京紫金山中山陵与孙中山一起合葬。宋庆龄曾经讲过，紫金山是为真正伟大的人物服务的。生前与夫君共风雨，死后与亲人共相伴，一个女性的内心何其令人感动。宋庆龄尊重自我，表现在对家人的关爱上。宋庆龄家族有一姊、一妹和三个弟弟。年龄排行为宋霭龄、宋庆龄、宋子文、宋美龄、宋子良、宋子安。宋氏姐妹同出一宗，情同手足，虽然信仰、志向、情趣各不相同，但一生始终关爱彼此，情深意切。可以说宋庆龄的人生选择超出了家人的预期，活出了别样的风采。宋庆龄尊重自我，表现在对和平的追求上。早年受过基督教的影响，后期将国家、民族及社会的意识和责任感升华为个人的人生奋斗目标。抗日战争期间，宋庆龄坚持抗日民族统一战线，高举爱国主义旗帜，团结全国各族人民共同抗日，为国共两党实现第二次合作搭桥铺路，影响了整个国家命运的发展轨迹。中华人民共和国成立后，宋庆龄为政府、为人大、为政协、为妇女与儿童的文化、教育、卫生及福利事业尽心尽力。1950年，她被选为世界和平理事会理事。1952年，被选为亚洲及太平洋联络委员会主席。

宋庆龄的一生，或许个人没有因她而受益，但是国家和民族

一定因她而受益。

女性博爱伟大。海伦·凯勒（1880年6月27日—1968年6月1日），著名的美国女作家、教育家、慈善家、社会活动家。美国总统自由勋章获得者，荣获美国英雄人物称号。最懂心灵的人最是问心无愧的。海伦身残智不残。在出生后第十九个月时因患急性胃充血、脑充血而被夺去视力和听力。一个残疾人的世界是一片黑暗和寂静，海伦克服常人难以想象的困难，凭借其强大的记忆力，学会了读书、写字、说话，先后学会了英、法、德、拉丁、希腊5种语言，出版了14部著作，受到社会各界的赞扬与夸奖，1899年6月考入哈佛大学拉德克利夫女子学院，实现了人世间的不可能。一生生活在无光、无声的世界里，个人经历充满了传奇式的精彩。海伦身残志不残。《假如给我三天光明》是海伦·凯勒的代表作。她以一个身残志坚的柔弱女子的视角，告诫身体健全的人们应珍惜生命，珍惜造物主赐予的一切。此外，《我的人生故事》是海伦·凯勒的自传性作品，被世界誉为文学史上无与伦比的杰作。海伦以自己的实际成长经历告诫人们战胜困难、超越困苦、突破人生困境、走向自我实现。没有强大的内心与坚强的意志根本无法实现一个残疾人的成就。海伦之成就，绝大多数心智健全的人也无法实现。海伦以实际行动诠释心灵。1924年海伦成立海伦·凯勒基金会，并加入美国盲人基金会。1946年任美国全球盲人基金会国际关系顾问，访问世界数十个国家，足迹遍布世界五大洲。竭力争取在世界各地兴建盲人学校，发表演讲，为盲人、聋哑人筹集资金。经常去医院探望病人，与他们分享她的经

历以给予他们生存的意志。为贫民及黑种人争取权益，提倡世界和平，并为此作出了巨大的贡献。二战期间访问多所医院，慰问失明士兵，她的精神受到人们尊敬，成为全世界的楷模。海伦·凯勒是我们学习的榜样，是人类善良的表现，她的事迹堪称后世典范。她用一生的光阴证明一个人内心的强大与行动的卓越。黑暗将使人更加珍惜光明，寂静将使人更加喜爱声音。虽然生活在漫长的黑夜里，但书籍已经变成一座伟大光明的灯塔，向人类揭示出人类生活和人类精神的最深源泉。世界上最美丽的东西，看不见也摸不着，要靠心灵去感受，进而能真切地感受到它的甜蜜。什么是灾难？人生最大的灾难，不在于过去的创伤，而在于把未来放弃。只有希望，才有希望，否则永远是奢望。哪怕身体不自由，心是自由的。让心超脱躯体走向人群，沉浸在喜悦中，追求美好的人生，把活着的每一天看作生命的最后一天，生命该有多珍惜。只要面朝阳光，便不会看见阴影；只要面朝光明，阴影就在身后。

每一个怀有真爱的人，遇到海伦一定会被融化，毕竟，一颗心也是一个灵魂。

女性刚柔相济。林徽因(1904年6月10日—1955年4月1日)，中国著名女建筑师、诗人和作家。一代才女显智慧。林徽因出身名门，博学多才，集美貌与智慧于一身。曾随父游历欧洲，曾在宾夕法尼亚大学美术学院学习美术，选修了建筑系的主要课程，实现了自己的志愿。后又入耶鲁大学戏剧学院学习舞台美术设计。林徽因曾设计东北大学校徽。1945年二战行将结束时，时任清华

大学建筑系教授的林徽因并没有因三弟林恒阵亡在对日战争中的事实而拒绝美军邀请，相反在即将执行的奈良轰炸图上为其标出了著名的文化古迹位置，从而保护了奈良古建筑。林徽因曾设计八宝山革命公墓主体建筑格局。她是人民英雄纪念碑和中华人民共和国国徽深化方案的设计者之一。林徽因用现代科学方法研究中国古代建筑，成为这个学术领域的开拓者，为中国古代建筑研究奠定了坚实的科学基础。考察足迹遍布全国，著作论述高屋建瓴。由于她的解读，中国古建筑走向世界。在文学创作上，著有散文、诗歌、小说、剧本、译文和书信等，代表作《你是人间四月天》。建筑与文学、理性与感性、智慧与美貌、东方与西方的元素在林徽因的个性中得到完美的融合与体现。刚柔相济显魅力。当年18岁的林徽因游历欧洲，在英伦期间，结识了当时正在英国留学的徐志摩。林徽因被徐志摩渊博的知识、风雅的谈吐、英俊的外貌所吸引，从此徐志摩成为林徽因文学道路上的引路人。徐志摩也被林徽因出众的才华与美丽所吸引，激发了他的新诗创作之灵感。之后，他们一起组织新月社活动，一起演戏，并常有书信来往。1924年泰戈尔访华期间，徐志摩和林徽因共同担任翻译。1931年11月19日准备参加林徽因演讲会的徐志摩遭遇坠机事故遇难。徐志摩的诗《再别康桥》可谓经典。1924年6月，林徽因和梁思成在梁启超的安排下，同时赴美攻读建筑学。林徽因和梁思成的结合可以说是新旧相兼，郎才女貌，门第相当。哲学家、逻辑学家金岳霖1914年毕业于清华大学，后留学美国、英国，又游学欧洲诸国，回国后主要执教于清华和北大。

他终生未娶，一直恋着林徽因。林徽因、梁思成夫妇家里几乎每周都有沙龙聚会，金岳霖始终是梁家沙龙座上常客。他们文化背景相同，志趣相投，交情深厚，长期以来，一直是毗邻而居。金岳霖对林徽因人品才华赞羡至极，十分呵护。林徽因对金岳霖也十分钦佩、尊敬，双方心灵默契，金岳霖自始至终都以最高的理智驾驭自己的感情，爱了林徽因一生。在林徽因的追悼会上，金岳霖亲写挽联："一身诗意千寻瀑，万古人间四月天。"世事沧桑显芳华。林徽因喜欢热闹，喜欢被人称羡，她是具有创造才华的作家、诗人，是一个具有丰富的审美能力和广博智力活动兴趣的妇女，而且她与人交际起来又洋溢着迷人的魅力。在家中，或者她所在的任何场合，所有在场的人总是都围绕着她转。然而，也恰恰就是这样的林徽因，既耐得住学术的清冷和寂寞，又受得了生活的艰辛和贫困。沙龙上作为中心人物被爱慕者如众星捧月般包围，穷乡僻壤、荒寺古庙中不顾重病、不惮艰辛与梁思成考察古建筑。早年以名门出身，经历繁华，被众人称羡，战争期间繁华落尽困居李庄，亲自提着瓶子上街头打油买醋。青年时旅英留美，深得东西方艺术真谛，英文好得令费慰梅赞叹。中年时一贫如洗、疾病缠身仍执意要留在祖国。

你是人间的四月天

　　我说你是人间的四月天/笑响点亮了四面风/轻灵在春的光艳中交舞着变/你是四月早天里的云烟/黄昏吹着风的软/星子在无意中闪/细雨点洒在花前/那轻/那娉婷/你是/鲜妍百花的冠冕/你戴着/你是天真/庄严/你是夜夜的月圆/雪化后那片鹅黄/你

像/新鲜初放芽的绿/你是/柔嫩喜悦/水光浮动着你梦中期待的白莲/你是一树一树的花开/是燕在梁间呢喃/你是爱/是暖/是希望/你是人间的四月天

女性聪慧勤奋。玛丽亚·斯克沃多夫斯卡-居里（1867年11月7日—1934年7月4日），通常称为玛丽·居里或居里夫人，波兰裔法国籍女物理学家、放射化学家。勤奋刻苦的玛丽·居里1893年以第一名的成绩毕业于巴黎大学物理系。第二年又以第二名的成绩毕业于该校的数学系，并且获得了巴黎大学数学和物理的学士学位。玛丽·居里开创了放射性理论，发明了分离放射性同位素的技术，以及发现两种新元素钋（Po）和镭（Ra）。在她的指导下，人们第一次将放射性同位素用于治疗癌症。她是巴黎大学第一位女教授，也是两次获得诺贝尔奖的第一人。1903年她和丈夫皮埃尔·居里及亨利·贝克勒尔共同获得诺贝尔物理学奖，1911年又因放射化学方面的成就获得诺贝尔化学奖。她的长女伊雷娜·约里奥-居里和长女婿弗雷德里克·约里奥-居里于1935年共同获得诺贝尔化学奖。荣誉的背后是玛丽·居里长年在十分艰难的环境下坚持实验研究无私奉献的结果。淡泊名利的居里夫人是一位将自己的一切都无私地奉献给科学事业的伟大科学家，在科学上，居里夫人历来注意事不注意人。不想由于镭的发现而取得物质上的利益，因此不去领取专利执照，并且毫无保留地发表研究成果，包括制取镭的技术，把自己的科研成果看作是全人类的共同财富。居里夫人天下闻名，她一生共获得10项奖金、16种奖章、107个荣誉头衔。爱因斯坦在《悼念玛丽·居里》中说："我

幸运地同居里夫人有20年崇高而真挚的友谊。我对她的人格的伟大愈来愈感到钦佩。她的坚强,她的纯洁,她的律己之严,她的客观,她公正不阿的判断……所有这一切都难得地集中在一个人身上。她在任何时候都意识到自己是社会的公仆,她极端谦虚,永远不给自满留下任何余地。由于社会的严酷和不公平,她的心情总是抑郁的。这就使得她具有那严肃的外貌,很容易使那些不接近她的人发生误解——这是一种无法用任何艺术气质来解脱的少见的严肃性。一旦她认识到某一条道路是正确的,她就毫不妥协地并且极端顽强地坚持走下去。"

　　如果能随理想而生活,本着正直自由的精神,勇往直前的毅力,诚实不自欺的思想而前行,一定能臻于至美至善的境地。居里夫人就是这样的人,把人生变成科学的梦,然后再把梦变成现实,使生活变成幻想,再把幻想化为现实。

　　宋庆龄、海伦、林徽因、居里夫人……一个个形象熠熠生辉,点燃青春的火炬。岁月洗尽铅华,时光照亮心灵,每一名女生,你的未来都值得期待!

　　由女生的节日联想女性的节日话题,让思念插上思考的翅膀。三八国际妇女节为女性点赞,母亲节为母亲点赞。对女生的赞美就是对人性的呼唤。我们赞美女生,希望女生健康成长,因为女性是人类生命的延续,我们都是母亲的孩子,受过温柔的抚摸。我们赞美女生,希望女生快乐成长,因为女性是人性的美好所在,善良、勤劳、美丽、温柔、聪慧、爱,汇聚一切的品德。我们赞美女生,希望女生学习成长,因为女性是世界的给予,给世界

一份安宁,让世界回归温暖。地球累了,男人累了,孩子累了,一切都累了,女性站了起来。

开心一刻——2021年全国卷高考语文作文题:某校高一A学习场男女生差异较大,女生偏少。教师针对这种情况设立女生节,让女生在自己的节日里绽放自己的风采,或歌或舞,或说或写,尽情表达青春的美好。节日里,一个个不平凡的女性走进学生的时代,宋庆龄、海伦、林徽因、居里夫人……无论女生与男生,在这一天都收到了关于性别的思考。人格如何构建?我们到底要成为什么样的人?请以"女性"为话题,提出观点,自拟题目,写一篇不超过800字的议论文。

理性与感性

从事情到故事。每个人终究要在忙碌中寻求价值取向,整理出自己的人生回归线与渐近线。每一件事情都是故事里的事,串起人生每一个回忆。回首过往,主人公的形象才会日渐清晰。

从今天到今生。生命是由今天构成的,今天就是当下的选择,昨天与明天都是想象而已。有数的今天过后,有的人活成了,其实一年也只活出了一天,其他的日子都是重复。有的人活成了,一年中的每一天都不一样,活出了生命里的精彩。

从时间到时光。有限的生命里总也逃不过时间的束缚,摆脱不了时间的纠缠。既然无法超越时空的限制,只有享受生命,将生命增加内涵张力,时空的限制反而化为无形。人生与时间相比,时间无法选择,标准确定;而人生可以选择,轨迹却不定。正视生

命本然，人生又何必苦苦强求。

从规则到自由。数学之美，花开两朵，你我两极，相会艺术，能所不能，为所不为，简我所简，爱我所爱。过去，数据不现实，没有数据，始于起点；现在数据有了存储，可以从终端做文章，这是事物发展的本与末。我们要从多视角看问题，"整理＝选择""问题＝困难""读人＝读己"，理性与感性的分界决定了人选择的方向，书写者走向了写作的方向，欣赏者走向了事业的方向。或许有这样的经验，几年前的资料，读起来有难度。如今却变得清晰自然，一是心境纯净，顿悟由心；二是思维精简，理解深刻。大道至简就是岁月的沉淀、理性的回归，这是悟的力量。大浪淘沙就是性情的宁静、感性的回归，这是恒的力量。教育有规律，教师有规范，从教育法、教师法的规则中构建教师的个性与主张，教师实现了从规则到自由的专业成长，专业的力量体现教师的修为。自由特征参考教师十修：纯粹、正直、气度、淡定、孤独、执着、钻研、思考、境界、证明。

从他人到自己。自己只有一个，他人却有无数。古今中外的人生模型提供了无数值得借鉴的案例。传记、寓言、故事、诗词、小说等鲜活的表达为我们提供了人物的不同形象。小时候，老师带领我们分析人物，我们不太在意，总认为年少的自己就是世界的全部；小时候，我们崇拜偶像，不知到底为什么，只是喜欢，就是喜欢，感性总会影响我们的童年，渐渐地长大了，我们不再盲目，不再崇拜，逐渐由关注他人转向关注自己。从他人到自己，我们要整理他人的人生轨迹，发现时代所创造的英雄，反思英雄的平凡

起点，试问自己的人生出口。人类的发展，技术日新月异，但思想的进步却非一朝一夕。只要我们能够从他人的生命中发现人类前进的思想光芒，人生一定会处处让人惊喜。从他人到自己，我们将自己由打开的状态逐步走向封闭，极端就是孤立与固执，为此，丰富的人生应当将自己的人格逐步走向自我，心灵一定要走向无限。从他人到自己，如果能够完美转身，持续地学习是唯一正确的选择。

从忧愁到孤独。忧愁是社会的通病，无处不在，面对社会上不同的人、事、物，个人对其作出自己的反应，不可否认的是个人的基本情况与外界环境之间存在差异，差异的存在导致适应与改变，适应与改变需要身体与心灵的调整，社会的私有化必然造成个体的自我保护意识。从自己的角度考虑问题不一定得到他人的认同，矛盾因此产生甚至不可调和，忧愁就是个体不能实现自己意愿而引发的心绪。面对忧愁，我们该怎么办？首先要认识忧愁的根源。忧愁产生的根源主要包括三个方面：一是生活，生活是个人现实的存在，家庭、工作、亲人、朋友、金钱将个人束缚在生活的圈子中不能自拔。二是生命，忙碌的生活带给生命怎样的回报？生命的需求是否与现实达成平衡？生命的存在与意义到底是什么？三是生涯，时间带给人们反思，一时的得失与一生的意义是否经得起岁月的考验？我们是否走在正确的道路上？人生即是生活、生命、生涯的合体。其次要明白忧愁的危害。忧愁导致身体状况出现失调，出现失眠、健忘、疲劳、厌食、紧张、怀疑等等不良状况，其行为极容易导致自暴自弃乃至自杀。再次要改变忧

愁的惯性。问题须从根上找，哪里是忧愁的根源，直面问题，寻求合理解决问题的办法。此时，综合分析亲人、朋友、师长、领导的建议并寻求帮助。忧愁是自己的心病，反省自己，从自己的身上寻求解脱，特别是心态的重建，换个角度看问题，思考忧愁对于解决问题的意义。时间是与忧愁相关联的，一时的困惑产生的忧愁放到一生去考虑，一生的忧愁放到当下去执行。将事情看淡、看小、看轻、看破，认清本质，回归理性，去除烦恼。一个人的能力有大有小，有些事不是个人所能抗拒，有些事不是个人所能左右，有些事不是个人所能完成，人生的轨迹没有终点，不是固定的直线，改变的人生轨迹不一定是错误的路线。然后是升华忧愁的境界。将忧愁当作人生的体验，不是每一段人生都产生忧愁，一旦来临，请抓住忧愁的感觉，但凡忧愁存在，一定是人生拐弯处，人生的考验就在此时。进一步风光无限，退一步坐井观天。人在得意时的感觉基本雷同，人在失意时的感受千差万别，且将体验记录下来，好比汽车的保养与检修，也让自己思考一下未来。当我们静下心来，拿起笔整理自己的头绪的时候，列个纲要，记个重点，确定人生的下一站，从感性的世界里寻找理性的出口。忧愁的升华就是孤独，孤独是精神的高贵之所。人活着，最终还是要给自己一个交代，孤独的时候就是活在我们自己的世界里，我们在面对阳光、绿树、蓝天、白云、远山的同时，不要忘记自己的影子。人与人合作完成社会诸多的工作，带来社会价值，我们从中体现自我，但不可否认的是，合作的是工作，自己的心路历程不是合作的结果，永远需要自己来品味。多数人在社会上工作

奔波进而再寻求自己的内心方向，被动性较强。换个角度，如果我们从自身的条件出发，确定内心的方向再寻求外在工作的合作，实现社会的价值，我们的忧愁一定会少很多。忧愁永远在路上，当有一天，我们没有了忧愁，无忧无虑就会成为新的忧愁。

从表达到欣赏。人与人存在着明显的差别，越是细微处，越是专业处，人与人的观点与做法差别越明显。交流与合作的达成依靠平台的创建、领导的艺术、个人的认同、目标的需求、合作的意义。正是由于环环相连的不同层级，表达存在障碍，欣赏存在误区，从表达到欣赏的过程是个人内心思想转变的过程，而思想的背后是个人生活的经历使然。表达与欣赏正是对观点背后的生活重新省察并勇于自我解剖，这需要极大的勇气。一个人的学习力较强，表达与欣赏的转变就容易，否则就困难，毕竟对于学习力不强的人来说，失去了对自己生活的承认，就等于打破了生活的镜子。表达从自己开始，表明立场，证明观点，然后从自我转向表达对象，发现对象值得欣赏的地方，走入对方的内心世界，提出欣赏的主张，然后再从欣赏的角度回归表达的要素。思想的交流就是一个回路，流动的思想就如同一条河，流过时间，产生思想的涟漪，清澈内心的杂念。人与人的差别不是能够用标准来测量的，所以，面对分歧，我们要赞美对方的优点，肯定对方的努力，尽量以积极的态度认同对方。至于缺点，对方的诚意决定你的表达，事情的决定权在于对方的态度，自己要以包容的心态理解对方，承认差别，表达与不表达主要从假定分析表达后的效果而定。近朱者赤，近墨者黑，人与人之间互相影响，我们要理性地

分析客观的存在，不要停留在无谓的表达与欣赏之上。天下没有不散的筵席，标准就是在书籍中寻找，不读书，表达欣赏就失去了营养与价值。人类的崇高就在于站在前人的肩膀之上，如果不是这样，我们的人生未必能活出前人的精彩，毕竟，从哪一个角度讲，前人都有典范之师。人生就是这样，我们感性地活在现实中，精彩纷呈，体验无处不在；同时，我们也理性地活在理想中，深思熟虑，智慧无处不在。

从实在到虚无。人生不过是一场"过"而已，也许过去之后就明白了，什么都可以没有，连想说的话都没有必要再说了，所以，不说了，就此画句号。

◆ 才

立志成才，融会东西。何谓立？立场、立意、立言、立业。何谓才？自律、自由、自主、自足。教育关注情感、态度、价值观，将各科核心价值观进行整合，立意高远，面向时代，面向社会，面向人才，以主题形式，梳理出与学科相关的思想感悟。

透过现象看本质

教学有法，法无定法，因人因时因势而为。从未知走向已知，从茫然走向清晰。透过现象看本质，犹如照镜子，岁月将容颜化为气质，学习将情感化为智慧，最终学习让我们发现真正的自己。

关注主观与客观。从学科应试的角度看，题型分客观题与主观题。不说两种题型考查功能的差异性，就说学生对学习的掌握情况，客观题多以小题形式出现，主观题多以解答题形式出现；客观题用时少、效率高、检测明显，主观题考查学生思维过程、解题步骤、综合能力。教学过程中既要面向对学过知识的巩固，又要面向对知识高度的引领。近年来出现的"小题狂做""小题大做""课时检测""考点检测"都是注重客观题，强化学生的接受能力，体现"快、准、狠"，进而寻求高效完成教学目标的教学预期与做法。小而精的检测的确有此价值。从教材到系统知识，百密总会有疏漏，教师与学生持有一本有价值的教辅资料，一方面为自学提供方便，另一方面弥补教学中遗漏的创新题型及相关知识点的问题。近年来"一遍过"及"固学案"有一定的价值，教师有选择地从中精选例题，弥补教材的难度问题。建议客观题与主观题根据学习进程交叉进行，融入作业的设计与安排。如果说主观题是筵席中的荤菜，客观题相当于素菜，科学才是健康的标准。从本地的现实情况看，检测题容易出因而被广泛使用，"导学案"总有遗憾。我们的做法是提供选择，严控"出口"，双管齐下。

关注战术与战略。重视习题的选择与处理，好的习题对于学生学习的影响好比吃什么食物对身体营养的影响一样，教学时刻反思习题的质量。题海是战术，战术的效果要服从战略的要求，什么是战略要求，我想就是明确学科的专业知识及思维方式。如果题海的训练导致学生的思维僵化，扼杀学生的好奇心与创造

力，思维由发散走向单一，大多数学生可能一时获得高分数，但优秀的人才一定被扼杀了。做好战略布局之后再设计战术，题海才能不致成为死海。过去人们总是谈愚公移山，今天我们吸取的应该是精神，绝不是做法。学生学习的是科学，科学有科学的方法与态度，特别是科学的智慧。今天，我们不用移山，隧道穿越、航空飞行、海洋行驶让我们早已越过数重山。

关注精简与繁琐。精益求精是至高追求。考点将知识化整为零，做到精细。专题、主题、单元将知识化零为整，做到系统。从考点、专题、主题、单元的角度多思考学科教学，特别是辅以"讲、练、测、考"的"一以贯之"的教学整体思考下的创新设计，教学总能梳理出路线图，所谓路线图其实就是最好的教学计划纲要。多数教师追求多多益善，总也忙不完，学生跟着教师一起累。如果我们换一种角度，从精简化的出发点设计教学，我们一定会发现重点与难点。时代不同了，过去物资缺乏，人们有好东西总舍不得吃，先把要坏的吃掉，结果一直吃要坏的。现在要转换思考，什么东西最有营养，我们只做健康的行为，先吃好的，坏的就随它去吧。过去讲活着更多的是考虑生存，立足点在明天；现在讲活着更多的是考虑意义，立足点在当下。

关注作业与笔记。作业与笔记是学生学习的好帮手。检查与规范无疑是学习的必需手段。抓好作业与笔记的书写对于学习成绩的影响早已不言自明。

关注分类与对比。物以类聚，人以群分，知识也有类。发现知识的逻辑关系，做好相应的分类也是整合教材的方法之一。数

学中"指数与对数"的学习，教学将两部分归纳为一部分，主要是二者互为反函数的关联，同时也是鉴于指数与对数运算互逆的原因。化学中金属的钠与钾、有机与无机的分类与对比。语文学科不同作者、不同作品的对比。各学科不一而论。归类是为了对比研究，比较出真知，学会学习中的迁移非常重要。所谓举一反三、联想能力等学习力都是迁移的体现。

关注特殊与一般。教材是基础文本材料，是国家课程的根本体现。用好教材、教好教材是教师的分内工作，最关键的是"好"的标准，这需要教师一方面发现教材的处理艺术，另一方面突破教材的传统方式，从而让"好"向"活"发展，也即用活教材、教活教材。文本呈现的方式自有学科原理深入其中，以数学为例，多数情况下通过举例子，由特殊到一般，再从一般到特殊，教师因此可指导学生阅读教材，学会从教材中读出学问的门道与路径，实现由厚到薄的精选。

关注原则与艺术。教学坚守法律原则、方向原则、换位原则、认同原则、个性原则、合作原则。教学遵循经验艺术、激励艺术、静心艺术、学问艺术、至简艺术、节奏艺术。将理性与感性完美结合的教学一定是将科学与艺术完美实现的教学。

关注思想与方法。从会学到学会，既讲过程又讲方法。强调过程是思想与方法，强调结果是批判与反思，前者保证教学从头走到尾，后者保证教学从尾回到头。从正反两种顺序考虑教学，形成教学思维链，体现学科的核心素养。

关注模式与范式。教学模式先入模再出模，从有形到无形，

春蚕破茧之后方能化蝶。模式不拘一格，倡导"改变·逻辑—探究·思维—交流·境界—选择·智慧"的灵活模式。主动学习就是将个人的"听、说、读、写、思"的行为与心智协调一致，教学就是在探索过程中着手其一点而牵动全身心的体验与心灵之旅。范式的设计一定是主题的落实，每一个范式都是创作的结晶。教学是生成，模式与范式是教师自我的规范与要求，所谓无规矩不成方圆。教学是师范行为，自然也有引领与示范的价值。

关注整理与反思。人生犹如一棵树，需要不断地修剪，总要经历风雨，在不确定的因素中总结成长的方向与追求，发现未来的彩虹。每一次教学都是一次最好的实践，加以切身的体会，形成反思记录，时间会告诉我们教学的智慧。实践的灵感如果不及时捕捉，稍纵即逝，事过境迁，再也回不去从前，感觉就找不到了。人生就是体验生活，教学也是生活，没有整理与反思的人生，人终究是一个过客，什么也留不下，可能的结局亦如秋日的落叶。有人说不在乎天长地久，只在乎曾经拥有，问题是我们曾经拥有的不经过整理与反思，留给人生的可能就是一个错误。经过整理与反思的人生，一切都是生命的自觉，无可厚非。

青春就是美

◆ 时

    时光将焦点汇聚在学校，青春在这里升华，一切都是恰逢其时。学生求学，教师问教。《远离尘嚣 近求真知》写给步入高一的全体师生，为时光留痕，为时代增辉。

远离尘嚣　近求真知

各位同学：

    大家好！特别的日子，特别的时刻，我和学校高一年级的全体教师欢迎各位的到来，并为你们的选择感到骄傲！未来的日子里，我们会用实际行动证明：你们的选择是明智的，也一定会让诸位为自己的选择而骄傲！

    教师应率先垂范，为人师表，为此，我首先与教师共勉四句话："一是今天我们所在的位置，就是人生的原点。二是我们是

来做学问的，上班一定要作出点事来。三是低调才是高贵。四是一万年太久，只限一年。"做此表白，就是想告诉大家：我们准备好了！初次聚会，我想与在座的诸位分享我的心得，题目叫《远离尘嚣 近求真知》。

学校是文化的家园，每一个成员都要有自由之思想、独立之精神、创新之行动。自由意味着尊重与选择，独立意味着批判与省悟，创新意味着生命与学问。

老子《道德经》中说："道生一，一生二，二生三，三生无数。"道生一，践行一学，知行合一、学思合一、身心合一。一生二，强调恒与悟；有心人，每一天，坚持；全身心，思考；谁解其中味？二生三，三观三向三生三力，人生观、世界观、价值观，观观互鉴；面向世界、面向当代、面向未来，面面相应；生活、生命、生涯，生生不息；领导力、创造力、学习力，力力不止。三生无数，世间不尽繁华，犹如繁星无数，亦如繁花满天。现实世界注重责任与担当，信息世界注重方向与方法，身心世界注重简单与实用。谁拥有这三个世界，谁就拥有未来。青春似火，壮志骄阳，点燃人生，恰在此时。

在这个城市的一角，我们将青春定格在高中成长的地方。我想有四点特别重要：一是读书。学校相对清闲，时间相对集中，青春大把的年华都放在这儿，书籍是人类智慧的结晶。从古至今，从中到外，无数人的思想照亮了世界的文明之光。人生是短暂的，学问是无限的，我们要将有限的青春用在与古今中外充满智慧的人的对话上，放眼世界才能征服世界，读书就是站在巨人的肩膀

上了解世界。二是求知。科学就是对真理的追寻,学以致用就是用科学的态度、方法、原理去解决社会发展中的各种问题。中学是科学求知道路上的一小段道路,但又是奠定基础的最重要历程,没有这一历程,难以再攀高峰。最好的年华是用来学习的,学校创造一切卓有成效又具有创新精神的治学方案。为了求知,我们尽全力,求真知。三是交友。我们这个年纪,思想是纯净的,尽管也有污浊偶尔投进你的心间,但还不至于扩散,也没有留下恶根。只要我们坚持光明,坚持正义,坚持原则,相信世界,相信自己,相信朋友,你怎样看待世界,世界就是你看到的模样。你是可塑造的,你是可成长的,你是可进步的,同样,你身边的人也一样优秀。既然相聚,必是有缘;既然有缘,他日必再重逢。今天火一样的相聚,明天星一样的远去。现在平凡的年纪,将来不可预料的未来,谁又知道谁将来的前途大放异彩,所以,珍惜身边同样求学的人,尊敬、尊重有缘人,生命如此安排,我们为何不去坦然面对?对待同性,不要过分奢求回报,自古忠义之人、侠义之士不乏其人,中华传统文化中有不少可讴歌的人物,但那往往是乱世出英雄见真心;现在是和平年代,人们安居乐业,今天的你们从小生活不愁,学习无扰,健康成长,快乐生活,所以,请珍惜,你自己能,就不要再奢求他人为你而活,你的生命需要自己绽放。尊重人最大的方式就是不苛求,做你喜欢的样子,过你想过的人生。当然,你可能会说,我不想学习了,我想去玩儿。你要知道,做你喜欢的样子,过你想过的人生,有两点特别重要,一是你的自食其力,你现在不能独立于父母而生存,就不要放弃学习,我

们所做的其实就是在帮助你实现独立。二是你的价值认知，许多事，许多哲理，或许你认为懂了，于是说出这样的论点，但是社会不会偏爱你，学然后知不足，越学越谦逊，不经一番寒彻骨，哪来梅花扑鼻香？衣带渐宽终不悔，为伊消得人憔悴，治学就是在学习的过程中磨砺自己的品格。在学习的道路上没有捷径，如果有，我们还办什么学校，我早去出售学习的"祖传秘方"了。同性相斥，所以要保持距离，距离近了，就有了抵抗。异性相吸，更要保持距离，同性近还可以弹开，异性太近了就不可分了。不可分意味着什么？一是失去了自我。没有自我的人太累了，这是两个十多年没有共同经历的人的相吸，怎能不矛盾？相吸之日就是矛盾开始之时，连体的两个人没办法分开，但你想想生活有多不方便。二是失去了朋友。所谓朋友是公平环境下的相互支持，当两个异性的人相吸在一起，他人就此远离，朋友也在其中。友情与恋情有时是矛盾的，那就是在最该当作友情的时候，你却选择了恋情，朋友失去了就没了；恋情会在以后你的人生中随着你的更优秀而不断被召唤，前提是你更优秀，更优秀的前提是你更努力，世事有因果，根源在学习。三是宁静致远、丰盈充实的内心。小的时候，玩过一种游戏，用纸折一个模型，在模型可能出现的页面上写上评语，然后按你名字的姓氏笔画推算你的结果，有点占卜的味道，我记得我的结果是"有心人"，当时我就坚信我一定是个这样的人，凡事必用心。教育就是这样，儿时不经意间的举动可能影响了你的一生，有心人天不负！大学时，我在床头也写了诸葛亮的一句话——"志当存高远。"我的舍友大都笑我，说我太酸了，

考上一个如此普通的大学还高远。可我不这样认为，高远不一定是现有的格局将你固定，一方面表现在现实世界，另一方面表现在内心世界，你想不到的美好不会发生在你的身上，即使来了，你也无法受用。所以有人问，梦想有什么用？不能当饭吃。因为你的梦想会成为你的潜意识，化为潜动力，让你在生活中坚定自己的方向，否则生活只剩下天天吃饭了。我相信我的选择没错，虽然身处清贫之境，但我讲原则，讲方法，讲创新，讲担当，作出了我自己应有的努力与成绩，我按我喜欢的方式生活，这就足够了，而不是忙碌在功名利禄间心力交瘁。生活境遇千差万别，一颗心才是一个人的灵魂，当我们都能自食其力的时候，内心的纯净与内涵的丰富才是最高贵的。所谓高贵，是无法判断的境界。

老师们，同学们，展现你的才华，发挥你的才干，光阴不等人，岁月不饶人，既然不能向天再借五百年，那就珍惜每一个今天，让我们与时间一起奔跑吧！

◆ 伤

人生之困与青春之美

——对叔本华哲学的再认识

人总会受伤，受伤就会流血，血凝固后结痂，我们总会不自觉地去揭那个痂，特别是那个痂揭去后刚好不至于流血。我们的内心是满足的，痂是伤痛的表征，我们总自觉不自觉地想把伤痛抛至脑后，让身体回复到一个没有伤害记忆的状态。可是内心的

伤痛却远不是这样能够揭去的，内心的伤痛不是血结成的痂，那是尘埃遮蔽了真正的良知之心。除尘就困难多了，因为脱去衣服能够看到肉体的痂，却无法看到内心的尘。

地球有两极，世间有阴阳，人间有善恶。对待世界的态度自然有乐观与悲观之见，德国哲学家叔本华就是悲观主义的代表。我们并不认为悲观不好，正如人生，从困难之中走出来的人生更值得珍惜，毕竟，太容易得到的东西也最容易放弃。从光明中看到黑暗与从黑暗中看到光明，二者大不相同。让我们从叔本华的视角重新审视人生，在困与美中重新建立我们的价值观吧。

首先是认识人。

"在各种可变外衣下，隐藏着同一个人"。人类的内因与外因共同形成人的生命轨迹，正如地球在绕着太阳公转的同时也在自转一样，人类的行为受动机与环境的双重作用，所以我们看到的人的行为不是最真实的动机，只是在一定的情境下人们自己作出的本能反应，特别是越在紧急状态下的反应越接近内因的影响，性格的本原接近此时此刻的表现。犹如驾驶汽车，平时大家的水平都差不多，遇到危险时刻，每个人的处理方式是不同的。因为人的可变性，日积月累就形成了惯性，人的生活基本上是在惯性的驱使下运行，改变可能仅是一朝一夕，本能反应始终在潜意识中作怪。所以，学习改变必须从内因出发，让意志认同，并逐步代替原有观念，在以后的实践中反复验证。可变的外衣多种多样，原始的动物本能就是其中之一。人类的进化过程是缓慢而漫长的，冲动、兽性、自私、自我保护意识等诸多因素时刻存在于人

类自身的隐性性格中。

"愉快的心情就是从健康的身体里长出的花朵"。人类行走在历史的长河中，命运不由我们来选择，或者说我们的选择有限，更多的时候是随波逐流，被历史所驱动而前行。对于人生什么是最重要的问题，多数人选择幸福。可幸福在哪里？曾经的辉煌成为历史，未来的憧憬远在来日，生命的时光总会跟我们开玩笑。短暂的百年过后，世间会变得更加美好，可那已然属于不可知的未来。走在人生的路上，因为无法实现自身的欲望，痛苦随之而来，而如果一切早已实现，注定的命运又让人无聊至极，痛苦与无聊是人类幸福的死敌。生、老、病、死是痛苦，人们一直在挣扎。为了驱赶无聊，娱乐、社交、奢华、赌博、酗酒、吸毒、窃取隐私等一一上演。摆脱痛苦与无聊的解决之道就是将人类自身的欲望转化为求知欲，追求内在的丰盈。幸福不在过去，不在将来，而在于真实的自然发生，身心合一的完美人格需要持续的感悟与思考。人类之所以成为人，最关键的原因是能从文字与符号中发现无数个鲜活的案例。每个人的世界都是自己的理解空间，每个人也因此活在自己的世界里。世界有多大，主要看一个人自我认知的构建，学习与借鉴古今中外的文化精神之粮，才能让我们走向身心愉悦并自我满足，幸福不是外在形式而是内心的感受。

其次是认识生活。

"生活就是一场假面舞会"。职业是人的表象，职业外表下的人具有约束性，不是真实的个体，而是职业化的规范行走。性格为各种人贴上了标签，诸如温柔、刚强、漂亮、勤奋、忠厚等

等，人为的标签也会导致人的约束行走。物质财富为人们划出了界线。由于受经济的影响，人们受物质的制约改变了行走方式。人类是群体存在，因此产生了名的虚荣与权的炫耀，名权背后的人性更让人怀疑。生活是在秩序下的规范行走，人们身在其中，改变与被改变可想而知。

"孤独是精神卓越之士的注定命运"。面对孤独，每个人的选择与表现是不一样的。孤独一方面让精神贫乏之人无聊而终，另一方面让精神卓越之士成就自我。孤独是与自己为伴，自由真正属于自己。一个总与他人在一起的人不会有真正的自我。孤独与思考相伴，智慧才能生长。事物从来就不是单独存在的，人与人不必总在一起，有时候，让孤独与思考在一起，人们才能活在生活之上。多数人无法受用孤独，因为书籍不是他们最好的朋友，能成为他们朋友的逐渐淡出了岁月。

再次是认识社会。

"人们总是固执地坚持自己的错误"。社会关系是人与人之间的关系，每个人都有自己先有的经验并从中产生先有观念，在此基础上，人们会按照惯性习惯地将自己的生活方式联系起来，形成自己的系统认知，至于观念的正确与否，多数情况下主要是自己的主观臆断，当面对与本人观念相悖的理念时，人们会产生自我保护意识，毕竟纠正自己的错误需要重新努力，并且付出的代价可能更大，改变后的效果也未必立竿见影。如果人与人之间的沟通平台无法建立，如果人与人之间的交流不能真正发生，观念只会随时间的推移而更加稳固，错误可能一错再错。社会治理如此之难

在于人的观念的调整，人人都认为有理，人人都不愿意首先改变。社会是个错误的包容体，经历之后才会发现，超越有多么不容易。

"人与命运的搏斗是悲剧的最普遍主题"。幸福是此一时与彼一时心境的比较。悲剧精神引领我们回到心境的出发点，大慈大悲同理，人们在悲剧中忘记了对欲望的追求，珍惜平凡的生活，理性地看待社会的束缚，让人们认识到人生总是不完美的，是无法满足的。人只有静下心来，才能欣赏风景如画，才能欣赏作品魅力，才能欣赏音乐美妙。一次次走进医院，一次次走进殡仪馆，每一次归来，都告诫自己珍惜当下，好好活着。大彻之后才能大悟。

少年的忧伤，中年的彷徨，老年的孤独，在困与美中纠缠。知识分子群体的生存状态与职业息息相关。正直的人批判不良现象，直言正义言论，对恶有切肤之痛。社会上的人大多数不认为真理的纯粹，没有对比的人生产生不了真知灼见，一切好像水到渠成般应该的样子，于是，世间许多东西失去了才知可贵。知识分子的没落，根源在于人性的呼唤，思想的解放，个性的束缚，堵住嘴，捆住脚，折磨心，拆平台，无中生有，断章取义，颠倒黑白，良知与正义的碰撞往往让知识分子群体走向自我封闭。教师是知识分子的典型，当教育状况不良时，一定是腐败、腐朽、腐蚀的发生时。建立时代的人才观，从知识分子群体的生存状态观察分析入手。社会文明与民族文化的传承需要真正的知识分子，教师是时代赋予的责任主体。让教育成为教育，让教师成为教师，虽平凡却不凡。造成伤的原因是人有不羁之心。人非圣贤，孰能无

过? 有过必有伤。中国古代儒学倡导"仁、义、礼、智、信"。仁者读《红楼梦》，叹世间繁华如梦。义者读《水浒传》，惜好汉命运多劫。礼者读《金瓶梅》，悲世俗多无奈。智者读《三国演义》，感英雄如烟云。信者读《西游记》，悟人生之永恒。避免受伤的策略是免去人的杂念。非礼勿入，无规矩无方圆；非理勿入，不智慧不天地；非里勿入，非本原非成人。

◆ 动

学校每学年设置艺术节、体育节、女生节、男生节。

极简主义·逻辑主义·实用主义

生活难免对人，对事，对物。生活贵在求少，求本，求精。

极简主义回归人的起点。找到一个点，也即事物的核心；建立一个理念，将该理念表达成精简的语句。由此出发，大胆取舍，梳理问题解决方案，有的放矢。找到相关点，关注前沿，关注环境，关注经验，关注信息，从联系中发现机会与机遇。找到支撑点，事物的发展与条件息息相关。物质条件需要重新整合，利用率是效率的关键。精神内容需要重新梳理，学习力是方向的动力。找到落脚点，感性是催化剂，热情将生活点燃，为事物的发展不断加入燃料，希望总在自己的把握之中。理性是镇静剂，智慧将工作达成，为事物的发展不断加入方法，进步总在自己的行动之中。找到生长点，生命之树的成长需要不断修剪，去除枝叶的繁复，保持向上的

方向，选择合适的主干，不能偏执，从反面思考问题，从侧面观察问题，从正面引导问题，每一个开始都是生长，每一个发生都是现实，每一个选择都是主题，每一个成员都是关键。走在极简主义的道路上，每一个脚步都实实在在，串起一个个脚印，我们会发现，我们一直走在希望的理想之路上。人生其实就是从无数个相关点中建构一条相关曲线。极简主义告诉我们，生命有限，我们将自己的人生路线建立在回归方程的曲线上，生命可以走得更远。

逻辑主义回归事的起点。逻辑是关于一般思维的单纯形式的科学，它是一般知性或理性的必然法则。知识的量分外延与内涵，前者涉及范围的多样性，后者涉及内涵的丰富性。外延关系事物的目的与存在，主体的能力与目的的需求决定我们的视野，视野所及与兴趣与意志相关。知识的视野从三个问题入手：人能够知道什么？人可以知道什么？人应该知道什么？人的生命有其周期特点，不可将视野过早限定范围，不要轻易和经常改变视野，不要根据自己的视野度量他人的视野，不要过于扩展视野也不要过于限制视野。量变一直是不断选择的过程。内涵关系结构与本质，对于内涵的理解决定了科学鉴赏的两种形式——迂腐与浮华。将科学限制于应用，缺少科学的方法就会走向迂腐；将科学限制于外表，矫揉造作的通俗就会走向浮华。走在真理的路上，知识由表及里。特征是构成事物所形成的知识部分的成分。特征首先是表象自身的特点，其次是从属特点。特征是事物比较与推理的依据。从事物的特征判断中逐渐形成概念，再从概念出发，通过比较、反思、抽象的逻辑活动，思维由判断走向推理。逻辑空间中

的事实是世界，世界分化成诸多事实，事实的逻辑图像是思想，思想是不同意义的命题，命题指引个人不同的实践路径。如果路线的方向最小化地减少了对人类群体的干涉，逻辑就有了现实的意义与价值，最终，人格的自我完善需要放弃任何命题的束缚，从有限走向无限。生命没有终点，正如视野没有界限。

实用主义回归物的起点，世界不拘一格。理性主义按原则行事，经验主义按事实行事。唯心主义强调意识，唯物主义强调物质。面对世界，时而悲观，时而乐观。有人信仰宗教，有人没有宗教信仰。有人强调主观，有人强调客观。形而上学的争论永无止境，现实的问题却应接不暇，实用主义就是解决问题的实际需要。实用主义力图找出每一种见解的实际后果对个体的影响并选择解决问题的有效途径。依靠实用主义，注意最后的事物、成果、结果、事实。面对纠缠与纠结，停滞不前不是最好的方法，实用主义将步伐前进了一大截，或许走过去再回头反省，问题已经不是问题。实用主义承认世界的事实存在，包容对与错，包容真与假，凡是能够吸收、能够生效、能够证实的那些观念都是真观念，反之则是假观念。承认真假对于承认现实具有特殊意义，历史的发展本身就是在真假之中游走，我们不可能一一论证。从不同的情境出发，分析不同的意义，对于当下的选择或许更有价值。真与真理不是一回事，理性主义者追求真理的现实，问古视今，真理的脚步坚定有力，每一步都踏实。实用主义者对于实在的理解却是不断造成的，它的一部分状况有待于将来形成。实用主义的提出恰好表明世界的不确定性观点，人类对于未来的理

解远远不够，发现的仅仅是极小部分的认知理论。宇宙足够大，人们认识人类极其有限，收敛我们的膨胀之心，与自然融为一体。放慢脚步，欣赏人生不同的风景，或许人类的未来更值得期待。真正的人生就是在承认真的过程中发现并追求真理的求索之路。

◆ 恒

走向学术的世界，还专业以学术，让灵魂高贵。专业之真，一是专业之品，二是专业之知，三是专业之行。专业之伪，一是行政化，服从与领导定义混淆；二是商业化，金钱与物质定义混淆；三是关系化，人脉与人情定义混淆。教育的学术观指的是将学术的真、善、美落实到学校的管理与教学之中，实现文化自觉。

学校办学——发挥优势，创建品牌。

（一）立足学生，活动引领

1.理念：立德树人指向"时时育人，处处育人，事事育人"。

2.主题：一是课堂育人指向学生的学习状态。包括教室卫生、学生出勤、校服着装、学习用具、学生坐姿、学生行为。二是寝室育人指向学生的生活状态。包括领导值班、内务整理、卫生状况、按时就寝、宿舍评比、疑难解答。三是餐厅育人指向学生的健康状态。包括就餐流程、就餐习惯、餐具使用、科学饮食、文明礼仪、勤俭节约。四是操场育人指向学生的精神状态。包括统一校服、队形整齐、励志口号、步伐整齐、团队意识、运动价

值。五是活动育人指向学生的生命状态。包括课间活动、定期军训、体育竞赛、运动大会、消防演练、毕业典礼、社团活动、文艺汇演、主题诗会、专题教育、安全教育、感恩教育、法制教育、心理健康、人文关怀。

3.标准：一是发展观指向德智体美劳全面发展；二是人才观指向《中学生守则》；三是评价观指向将平凡做到极致就是伟大，将普通做到极致就是特殊。

（二）立足教师，文化引领

1.专业：学历要求，师范专业，教师素质，人格魅力。

2.结构：年轻化，专业化，责任化，目标化。

3.培养：教育培训、专题讲座、课堂观摩、案例教学、外地参观、教育峰会、读书论坛、主题活动。

4.待遇：任人唯才，择优录用，按劳所得，按优取酬，五险一金，节日待遇，年度体检，参与项目。

5.幸福：教学环境舒适，教学设备完善，教学关心到位，教学评价公平。

（三）立足学校，质量引领

1.常规管理：抓好教学组织，抓好改革举措，抓好质量分析，抓好身心健康。

2.备课准备：抓好团队建设，抓好目标教学，抓好学情分析，抓好教学设计。

3.课堂实效：抓好教学迁移，抓好因材施教，抓好课堂观察，抓好教学状态。

4.作业规范：科学性，规范性，实效性，选择性。

5.评价多元：教学个性，学科个性，班级个性，年级个性。

学校治学——从知到道：文化、学习、哲学。

（一）"家·梦"——文化之道

1.打造文化之家。

教师专注十条：一是"向教育出发"，电子档案记录教育时光；二是"教学设计"，体现学科本质；三是"学习场"，教学彰显教学风格；四是"学习笔记+作业"，教学为先；五是"答疑"，教学相长；六是"导师"，诊断学习；七是"自习"，陪伴学习；八是"刷题"，专业学习；九是"实践"，参与学习；十是"读书"，反思学习。

2.打造精神之梦。

学校是文化的家园。学习要发扬钉子精神，教学要发扬工匠精神。教师引导学生学习，传道、授业、解惑，由教到学，由学会到会学，由知识迁移到能力，由能力拓展到价值，学习过程就是对"钉子精神"与"钉钉子精神"的传承。教学中发扬工匠精神，教育走向高尚。工匠精神，追求为人为学的灵魂寻找；工匠精神，追求物我合一的境界存在；工匠精神，追求生活之上的岁月坚守。

（二）"课程·教学"——学习之道

课程教学践行自己的学习方式。变化是发展的主题，学习也不例外，抓住学习的变化就掌握了学习。学习方式是学习的保证形式，从方式入手促进学习其实就是由外而内整合学习。学习方式是导学、互学、共学、自学的行为规范。对于教师与学生来说，

学习是分合的变化过程。导学是合，互学是分；共学是合，自学是分。学生受传统授课制的影响，对于互学缺乏理解，对于学习方式缺乏系统认知。

导学是教学的开始。学生可以采用集体面向教师的方式学习。既然教学是课程的初始，教师与学生需要相互磨合，整合教学要素。教师需要了解学生的主体状况，包括学习基础、学习态度、学习方法、学习能力、学习水平、学习内容等。学生需要了解教师的主体状况，包括教学水平、教学能力、教学方法、教学方式、教学特色等。导学需要提炼教学思想与方法，整合学科规律与系统，教师与学生形成学习共识，对于彼此形成认同感、归属感与责任感。教师与学生对于下一阶段的学习课程有所了解，双方对于学习方法形成约定，并在磨合过程中逐步养成学习习惯，按约定的学习规范开始学习。

互学是教学的深入。互学从小组围坐的形式展开，将学习场内的学生根据不同的情况按相关的主题进行分组，最终形成不同的学习共同体。互学需要整合教学。各学科将模块教学纳入教学，分类主题，提炼专题，将学习兴趣与学习任务紧密结合起来。整合理论与实践，将体验学习与探究学习结合起来。整合教师与学生，将学生的主动学习与教师的主导教学结合起来。整合学习场域，将学习资源与学习条件结合起来。整合课程时间，将单元学习与系统学习结合起来。整合学生特长，将合作学习与个性发展结合起来。

共学是学习的升华。共学回归到学生集体面向教师的形式。

在此期间，教师与学生分享解决问题的最优策略，精读、精讲、精练、精做。注重效率与规律，注重理解到运用的深刻性，加强对学习力的培养，以求达到从量变到质变的升华。

自学是学习的常态。学生掌握自学就达到了学会学习。可继续采用小组合作学习。自学要提前设计，包括导师指导、研究课题、学习方式、学习时间、学习地点、学习目标、学习交流、学习评价等。

导学、互学、共学、自学与学习的四个步骤是对应的，也即改变·逻辑、探究·思维、交流·境界、选择·智慧。在相关环节中相应地运用牛顿第一定律"力"的内涵、牛顿第二定律"加速度"的内涵、牛顿第三定律"相互作用力"的内涵、爱因斯坦相对论的内涵，教学就会创造出精彩的发现。

导学如道路，学生选择道路，确定目标，达成共识，组织团队，共同向学习出发。

导学如阶梯，学生开始学习就开始了攀登，拾级而上，每级都是收获。

导学如植物，学习是培养、滋养、教养、修养。

互学如磁场，引力形成合力，精彩——呈现。

互学如套娃，层次感将学习引入新的境界。

互学如旅游，从已知到未知的世界相遇，让学生体验学习的妙处。

共学如储蓄，每一次存储都让学习有价值。

共学如戏剧，剧感十足，教师作为导演引导作为主角的学生

进入学习的高潮。

共学如舞狮，画龙点睛，生动形象，学习是一种力量。

自学如支架，学生可以利用支架将知识迁移，由此及彼，触类旁通。

自学如隐者，掌握了技能，能进能退，做学习的主人。

自学如烹饪，过程也是享受，美味自在掌控，营养尽在其中。

一切都是教育！

（三）"恒·悟"——哲学之道

1.学校哲学的尝试——"场"。

2.场的内涵：时间正青春，地点正文化，次序正规律，引力正学习。

3.场的原理：将教育场指向教师与学生的非智力因素，将教研场指向教师的智力因素，将学习场指向学生的智力因素。

4.教育场原理：宁静致远。行、品、知——真、善、美。让优秀成习惯，让健康成品质，让科学成追求。励志成人，立志成才。文化滋润人生，精神滋养生命。

5.教研场原理：专业治学。重原则，合规律，尽可能，无止境。为人纯粹，为学专业，为事精简。学问是教育之本，人格是教师之真。

6.学习场原理：专心致志。学习时刻发生，无处不在，因人而异。学习是实践与理论的相辅相成，主要经历改变·逻辑、探究·思维、交流·境界、选择·智慧四个阶段。实践的基因是发生·发现·发表·发展，理论的基因是支点·疑点·观点·原点。学

习改变一生，学习影响一生。

7.教育就是为做一道题。

已知：教育场、教研场、学习场。

求证：哲学之真、存在之善、青春之美。

分析：一切课题化。

证明：行——让优秀成习惯，品——让健康成品质，知——让科学成追求。

每一道题都不止一种解法，每一所学校采用的路径都不一样，我们在追求最优解。

8.文化之根：善·和·道。

善是尊重。尊重体现三个层面：特长、学习、帮助。

和是平等。平等体现三个层面：个性、合作、原谅。

道是自由。自由体现三个层面：努力、控制、证明。

9.工作设想。

一是践行立德树人，二是加强学习指导，三是推进课程建设，四是专家指导办学，五是展现青春风采。从系统规划与成长规划的角度构建学校工作。

从办学实际出发，确立办学原则：一是先感动自己，再感动别人；二是资源占有率向利用率迁移；三是极简主义。

◆ 悟

青春是"听＋说＋读＋写＋爱"。学生层面的举措是构建和谐

的学习场。听即生日会感言，说即周报制度，读即"双语""双百"工程。仿《古文观止》写《读文观止》，精选百篇经典文章，早晨站立朗读30分钟，每晚睡前默读30页。写即创办场刊，同时也进行书法普及，将书法与艺术合二为一。爱即导师制，诊断式评价，学业一对一，谈话面对面，生活天对天。

什么是高中生入学该有的认知

初高中转型时期，学生一定会有不适应的状态或状况出现，改变是不可避免的，关键是一个人的改变是需要许多条件做保障的，特别是心理上不排斥，积极接受改变，其中自然涉及学生对高中生活的期望与现实的碰撞，在如此纠结之下，有些学生茫然不知所措，依然没有将有限的青春投入到自我成长的轨迹之中，或停留，或自叹自怜，让我们来分析一下其中的原因吧。

首先是玩与学的矛盾。许多学生在初中阶段的经历使其出现厌学情况，决心到高中寻求解放，早就想到高中先好好放松地玩一年，初中的过与伤想转嫁于高中的懈怠。事实上，高中的管理不允许学生以此为借口荒废学业。预期与现实出现矛盾，学生失望之情可见一斑。同样的道理，有些同学说高中累点，到大学就轻松了，可以好好玩一下了。我告诉你，不可能，越是好大学，越讲究学问，所以，奉劝个别同学，学习永远不可逃避，想逃避学习的人生一定是悲惨的生存状态。

其次是错误账单。初中由于一时的疏忽或贪玩，造成学生出现短板，高中学习出现障碍，对于困难不积极进取，反而坐以

待毙。一时的放纵必然造成以后成长的裂痕，那就是青春的伤，每个人都是后来为曾经的过往"埋单"。做事说"善有善报，恶有恶报"，学问也如此；"天道酬勤"，种庄稼更如此，没有春天的播种何来秋天的收获。在成长的路上，过错是难免的，人非圣贤，孰能无过，对待过错关键是及时改正。衡量一个人，不是看他犯不犯错误，关键是对待错误的处理方法。我在学车的过程中，教练指导我如何操作，我偏偏出现不同的错误，结果在考试时通过了，教练很纳闷，平时学得比我好得多的学员都没通过，平时犯错的我怎么一次就通过了呢？我想，唯一的原因就是我对待错误的反思，考试时我将犯过的错误都纠正了。现在的好多学生，一有错误先想办法逃避，推卸责任，以求心安，这不是解决问题的办法。有问题一定要先从自己思考并查找原因，否则将来一定还会犯。亡羊补牢，为时不晚，奉劝曾为过去"埋单"的学生及时修正自己的态度、原则、方法，尽快追上来。人生很短是因为懒惰之后的一事无成，人生很长是因为奋斗之后的壮志凌云。

再次是改变的意志力。面对新环境，学生不想改变，这是大多数人的天性。教师如果不及时充电再学习，特别是自我学习的持续也会出现职业倦怠，责任心不强，事业心淡薄。学生的学习也是如此，多年的学习减少了学习的兴趣，学生也会墨守成规，但知识是爆炸式的增长，时代在飞速发展，时间是不等人的。改也得改，不改也得改，否则时代就会被淘汰了。青年人的工作成就是与保守的生活态度成反比的。其实有时候，我们忽略了自己的成绩。试想一下，我们学会了自理，学会了早起早睡的规律性生活，远

离了电子产品的干扰，学会了安静，学业也在进步，只不过，我们自己没发现。如果反思自己的这一切，应该为自己欣喜呢。人更多的时候，由于一时负面的影响往往毁掉了自己更多的成绩。青年人还是要往前看，只有直奔正能量，光芒才会属于你自己。

　　还有就是学习方式的碰撞。高中入学，新学校、新教师、新同学、新理念、新管理、新规定……环境发生了巨大的改变，学习能力差的学生受不了严格的学习规定，自然会出现抵触情绪。学习能力强但对自己放松不能严格要求自己的学生出现波动言行，问题就出现了，小病、小事、小情绪、小理由，琐事烦身，一直不能进入学习的良好状态。上述情况在"松外"发生，说明"松外"的管理科学、规范、有序，导致想开小差的学生一天天暴露出来。如果管理宽松，学生的小日子自然"惬意"，可能不会出现小状况，问题是，学习也一定不在状态。那么，什么时候学生的学习状态能够上来呢？我们有时间等吗？我们等得起吗？所以学校的学习方式一定是与学生的主动性相关联的，只要学生以包容、主动、开放的心态与行动对待每一天的生活，与老师积极沟通与配合，加之良好的学习环境，提高成绩是非常容易也是非常迅速的。如果学生有理智的话，仔细想一想，是不是那么一回事。当你的学业真正上来了，我们一定会更加丰富校园生活。现在之所以静心教学，是因为学生的状态令教师担心。请千万记住，教师不但会教学，更会带领学生玩，前提是学习先上来。任何事都有一个前提，世上哪有免费的午餐。

　　也有虚荣心的问题。每一个人都为存在感寻找平台。个别女

生以为自己很伟大，身边不围着几个男生显不出她的出众；个别男生以为自己很特殊，不站出来高呼显不出他的威力。其实质是虚荣心在作怪，这样的人，心理已经在悄然走向障碍症状，想表现，正能量的东西没有，怎么办，只有负能量了，哪怕冒险违纪也去表现，可见幼稚的程度。有的学生，老师在与不在表现两个样；有的学生，说的、做的、想的是三个方向，人格分裂非常明显。年轻人要自尊，过分自尊就是虚荣，没有自尊就是放纵。做人难，如何把握，只需要记住——原则，坚持底线原则。做人是有操守的，只有如此坚定自己的信念，困难的时候才有人格的绽放。打破虚荣的壁垒，坚强是最好的武器。一个人要明辨是非，不要人云亦云，看破个别学生的小动作，不苟同，也批评，做自己，方为明智。

然后是众志成城。许多家长本身对学校存在质疑，不与学生积极面对高中生活，一直持观望的态度，结果造成学生也从中安于现实，等待天上掉馅饼的奇迹出现。没有耕耘哪有收获。特别是有的学生与家长生活在初中高分的自我满足中，认为孩子如何如何优秀。教师接触过不同时期的不同学生，对学生的学习能力最有发言权。高分未必高能，特别是通过题海训练的学生容易缺少真正的思考力，到了高中学习就会出现问题。好比种庄稼，施了"化肥"，有了高产，问题是质量出了问题，健康出了问题。学校教育只有在家长与学生高度认同的情况下，教师的付出才有了实质的意义。教师不是劳工，灵魂引领的前提是得到尊重之后的真性情、真品格、真气节。让每一名学生的周围分力形成合力，与学

生本人的努力完全契合，形成学习力，指向学习。

最后是教育宣言。高中不是游乐园，不是放纵的地方，当然也不是看守所。一批专业的教师在此聚齐，为的是做一番事业，为真正想学习的人办真正的教育，不欢迎来玩儿、来闹、来放纵的学生，欢迎想学、对自己有要求、想进步的学生。教师为此会做三年始终如一的教育，希望学生也为此做好准备。

从上面的原因中分析学生的学习状态，我们就会更清晰未来的路，什么是高中生入学该有的认知，相信我们每一个人都有了自己的答案。

教育就是为做一道题

◆ 论

初心·使命·梦想

——2018级高一年级工作纲要

"人生从此扎根：昨夜西风凋碧树。独上高楼，望尽天涯路。"

1.教师团队组建：教师简介、教育经历、教育成绩、教育主张、教育规划。

2.致2018年中考学生及家长的一封信。

3.学生招生宣传（教师公示、如何选择高中、致家长及考生的一封信、青春绿色通道、招生简章、本校考生行动、实地宣传、考场宣传、开放日宣传）。

4.男生学武术+女生学舞蹈。

5."双语""双百"工程（仿《古文观止》写《读文观止》百

篇,早晨站立朗读30分钟,每晚睡前静读30页)。

6.教育研学:教师研学+学生研学。

7.课程设置与课程表。

8.学习场原理。

9.高中教学设计。

10.学习相对论:导学·互学·共学·自学。

11.答疑制(周报、小组研讨、教师答疑、体育、社团、心课、走班)。

12.场哲学(教育场、教研场、学习场)。

13.教师标志牌制作。

14.信息公告制、导师公示制、场主公开制、学习场驻校代表及学习场负责场主公开制。

15.教师学习笔记:看得见的时光。

16.基教2018年工作要点。

17.《少年维特之烦恼》、2018年高考试题、教学辅助用书、网上资源确定。

18.教育三部曲。

19.看得见的时光。

20.教师论坛:办纯粹的教育(杜威、佐藤学、钟启泉著作的购买与学习)。

21.周历。

22.周报·月历·年会。

23.开学典礼。

24.诊断式档案(学生原材料归入个人档案,场需材料打印电子版,学校提供评选机会,归档材料为评选优秀者的材料,具有代表性、创新性、实用性)。

25.教师教学资料选择:内外兼修——精研课内、精选课外。

26.军训与校服。

27.学生基本情况汇总(参阅学籍表格样式)。

28.首届教师与学生合影留念。

29.QQ群文件传送群、微信联系群、电话备忘录。

30.工作简报。

31.双语诵读(培养演讲与口才)。

32.周会。

33.中学生守则+中小学教师职业道德规范+中学教师专业标准。

34.学习场驻校代表(男女生各一名:男生负责场外学生组织程序,女生负责场内学生组织程序)。

35.体育节、文艺节、女生节、男生节。

36.每月15日生日会(师生同会)。

37.导师制轮岗安排。

38.系列主题创新活动(教师与学生特色部分:设立年度创新奖,设立社团指导奖,鼓励教师自创社团,鼓励学生自创社团,评选教师与学生创新理论与实践)。

39.静心课程:茶艺、艺术、书法、家训、24节气。

40.动心课程:演讲口才与世界动态、双语演讲、人文论坛

41.生涯规划。

42.新高考。

43.课程分析·导学。

44.教学设计·单元设计·主题设计·题型设计。

45.教育故事：国庆自驾游。

46.梦想·家园（中秋朗诵邀明月——诗词与月夜）。

47.小组组建。

48.学习场生态治理。

49.导师制（建议导师带领学生写年鉴）。

50.学生周评周报。

51.场刊（小组轮流、一学期六组共六刊）。

52.一优一缺。

53.心灵驿站。

54.合作学习·互学。

55."人生之困"与"青春之美"系列征文（场刊连载，编辑成书，以学生作品中代表性的作品题目分类载入，暂命名《人生·青春》，学生自选，题材不限）。

56.学习场学习观察。

57.教学实录。

58.期中评价。

59.集中学习·共学。

60.期末评价。

61.高考测试与竞赛测试。

62.问题单·学习笔记·作业单。

63.反思学习·自学。

64.家长论坛。

65.一师三课。

66.一师三学。

67.一生三评(组评、场评、师评形式)(行、品、知维度)。

68.寒假读书工程(10本200万字、1本读书笔记、1篇论文,编著成书《冬日暖阳》)。

69.24节气与传统文化、饮食文化。

70.实验操作实践。

71.英语创作剧、英语演唱会。

72.元旦联欢。

"看得见的时光:衣带渐宽终不悔,为伊消得人憔悴。"

1.目标——成人:新时代·新高考·新教师。

落实到人(幻灯片呈现)。学校电子材料总结。教师个人电子材料总结力求图文并茂,理论与实践相结合,充分反映个人的时光轨迹。电子文件夹命名要有主题,格式是"2018:×××(数学·张民才)"。近几年我的年度主题分别是《2015:我在局里的那一年》《2016:我45岁》《2017:凤凰涅槃》《2018:精进》《2019:简·爱》《2020:归零》。教师要有年度综述报告,提出教育主张,寻找教育路径,执着教学担当,探索智慧思维,总结学习经验,示范个人特色。将每位教师的年度综述汇编成册:《向教育出发》。注重学术、学生、学习,解读"如何当一位新时代的

好教师?"

2.过程——成才:教学设计·单元设计·主题设计·题型设计。

将教学工作课题化,让教学成为创作过程,按著作的要求呈现作品样本。注重学术、学生、学习,注重课程、课题、课读。践行场哲学,发挥学习场原理的运用价值,将学习相对论进行到底。导师将课题制作成精品,逐步打造学校品牌特色。

3.结果——成家:精品·精致·精神。

档案管理(档案呈现)分教育场、教研场、学习场呈现。分别诠释一个主题——做,就是精品!活,就是精致!人,就是精神!纸介档案归档,全部以照片形式录入电子档案。

"只为情怀:众里寻她千百度,蓦然回首,那人却在灯火阑珊处。"

1.教育场:学校·文化。

定位:教育的引领者、教育的示范者。

学校:立德笃行、兴才盛世。

教师:求学问教、追本溯源。

学生:励志成人、立志成才。

场哲学:教育场原理。

学校档案管理:个人电子档案《向教育出发》——如何当一位新时代的好教师?学校电子档案+纸介档案。

学校课程:

《读文观止》《茶艺·节气·家训·饮食》《演讲口才与世界动

态》《人生·青春》《冬日暖阳》《实验操作实践》《政史地论坛》《情感·态度·价值观》。

教师课题。

教师课例。

周会。

家长论坛。

教育故事。

工作简报。

极简主义·逻辑主义·实用主义。

人生之困·青春之美。

一师三学(学术、学生、学习)。

年级模式: 行·品·知。

教育研学之旅。

24节气。

2.教研场: 教师·课题。

学习场原理: 教学设计·单元设计·主题设计·题型设计

一师三课(课程、课题、课读)。

新高考。

生涯规划。

3.学习场: 学生·评价。

方式问题——学习相对论: 导学·互学·共学·自学。

方法问题——学习场环境生态治理: 导·理·策。

学习场	关键	关键词	建议管理模式	管理者	监管者	管理方向
A	导	引导、导向	银行模式	银行团队	银监会	创新、主动
B	理	明理、理智	联合模式	分组轮流	评委会	合作、拓展
C	策	鞭策、策略	包工模式	评审团队	监管会	规则、进步

方略问题——行·品·知。

行,前期评价是诊断式评价。

学生档案诊断式管理。

导师制。

答疑制。

周评周报。

社团·课程·读书。

艺术节、体育节、女生节、男生节。

研学之旅。

品,中期评价是相对性评价,过关式与欣赏式相结合。

学习评价。

心灵驿站。

榜样·家园。

一优一缺。

静心·动心。

生日会。

一生三评。

场刊。

知，末期评价是绝对性评价。

高考测试与竞赛测试。

问题单·学习笔记·作业单。

实验操作实践。

"五个一工程"：一生一梦想、一生一偶像、一生一读书、一生一社团、一生一导师。

年会设想：

1.场哲学。

2.学习场参观。

3.教研场参观。

4.教育场参观。

5.青春之美。

◆ 课

学的舞台就是上课，上学意味着上课，课是剧情的表现。

为了保证课的质量与艺术，尝试建立"课程研究中心"，探索自身的专业发展模式，由我向别人学转向别人向我学，这需要教师的担当与智慧、责任与证明。课程中心是课走向生命的不竭动力。教师的灵魂走向代表21世纪的学习宣言，从教研场中建构课程的艺术，从学习场中建构学习的原理，从教育场中建构人生的追求。

建立教师人才库。姓名、性别、民族、出生年月、身份证号、

籍贯、家庭住址、兴趣爱好与特长、学科、学历、毕业院校、QQ等信息编织教师的世界，关心与关注就是欣赏世界的不同美妙。建立教师成长路径、搭建平台、提供书籍、加强指导、参与竞赛、定位方向、研究课题。建立教师思想的轨迹，选择古今中外的教育思想与主张，谈及自身的理解与做法，交流必有收获。

课的特征不一而论，态度与方法是根本，从细节入手，将行动落实到细微处，可以尝试"细节365"。例如：取消讲桌让教师与学生无障碍交流，电脑进入教室让学生学习及时；取消等级让学生平等建构人生观，教育让人所希望的变成触手可及的幸福。细节的关注本身就是爱，就是责任，就是发现，就是创造。将一年365天做到真实，教育等同生活。从现在开始发现并落实365条细节吧。

课堂是世界，读万卷书，行万里路，写万言字，将研学之旅践行世界各地。教师团队是学习团队中的智慧团队，集思广益，结合学生的青少年教育基地开展师生研学之旅。

课堂的发现——教学生长点。

学校是文化之地，处处发生教育故事，故事的发生地就是课堂。课堂的生态治理决定了办学的内涵与外延。发现课堂就是发现学生成长，学生成长的课堂就是教学生长的课堂。

列举课堂的发现，分享以下观点，仁者见仁，智者见智。

● 全体与个体。既关注全体学生也关注个体学生，关注每一个个体就是关注全体。

● 尝试的视角。三视图讲究正视、侧视、俯视。由特殊到一

般是学生认识事物最易接受的思维。俄罗斯方块与魔方不同,前者讲究对当下问题的解决,刻不容缓;后者讲究对目标意识的追踪,思路清晰。

● 借鉴学习板书艺术。

● 教学设计精雕细琢。作品艺术从序号、字体、逻辑、思想等诸多细微处彰显个性创作。

● 关注学生表情。学生回答问题或思考问题,问题也写在脸上。

● 实验教学与视频教学相结合。

● 整合教学流程。教学是思想的艺术。

● 板书中标题、重点、公式是必写内容。

● 课堂留白。正反艺术正如篆刻的阳文和阴文。

● 预设与生成。幻灯片中体现唯一的答案本身就是科学探究精神的误导。

● 小组合作学习。到学生中去调研。

● 学生表达讲究语言与思维。

● 讲练结合。

● 问题的发散性。类比迁移,举一反三,变式训练。

● 批判思维。质疑提问。

● 思维导图。

● 答案的确认。解答的肯定与否定。

● 重点与难点的处理。突出与突破。

● 教学方案的使用。

● 专业性体现。强调的作用，标记的使用，笔记的记录。

● 文本处理。文本阅读，还原背景，还原真实的历史，寻找原生的真实。

● 判定与性质。从未知走向已知，再从已知走向未知。

● 等价转化。思维的风筝。

● 教学艺术多种多样。通感也叫移觉，把不同感官的感觉沟通起来，借联想引起感觉转移，以感觉写感觉。文学艺术创作和鉴赏中各种感觉器官间的互相沟通。视觉、听觉、触觉、嗅觉等各种官能可以沟通。运用通感技巧能突破语言的局限，丰富表情达意的审美情趣，起到增强文采的艺术效果。例如朱自清《荷塘月色》里的"微风过处送来缕缕清香，仿佛远处高楼上渺茫的歌声似的"。教学过程中通感的运用无疑能帮助学生理解知识，从而增强学习效果。

● 问题背后的问题。提出问题，分析问题，解决问题，哪个更重要？提出问题。问题的设置一定要前置，力求让学生自己提出问题，这样才能充分发挥学生的想象力，调动好奇心，培养学生良好的思考习惯。

● 吐故纳新，温故知新。传统要传承与发扬。

● 循序渐进，渐入佳境。

● 惊奇与惊喜。流星给人以愿望，昙花给人以欣喜。

● 教学贵在迁移，师生贵在传递。上善若水，流水。

● 教学相长。

● 不耻下问。三人行，必有吾师。

● 三思而行。

● 回归生活。情境的创设，理论与实践相结合，知识与学习相关联。

● 兴趣是生活的经验。

● 过程是时间的艺术。比较超级市场与采摘园。问题聚焦在时间、学科品质、信心与信任、体验上。有时候时间是用来消费的，所谓消费，是金钱还是时间？为了活着，还是为了活着的活着？

● 见微知著。微课程、微视频、微练习、微专题，化整为零，积少成多，提高克服困难的时效。

● 君子之教谓喻。《学记》说："道而弗牵，强而弗抑，开而弗达。道而弗牵则和，强而弗抑则易，开而弗达则思。和易以思，可谓善喻矣。"

● 增压与减压兼顾。教学如同运算，运算一定有逆运算。

● 形式与内容。改变、探究、交流、选择的形式，逻辑、思维、境界、智慧的内容。形式与内容完美结合的教学才是真正的学习。

● 常学常记，随学随记。把英语学科的词汇与化学学科小而精的知识点收集打印，张贴于常见的墙壁上，让记忆发生在不经意间。重要的学问出现的频率自然高。重要的事情必须先完成。

● 细节反思。学生厌学的原因多种多样，教师能够做到的就是减少学生厌学的程度。时间、认知、学法、效率、仪表、修

养、素质、读书、语言、板书、答疑、知识量、作业量、灌输式教学、填鸭式教学、强迫式教学，不一而论。

● 教师的问题首先是教学的问题，也即学问的问题，但归根结底是做人的问题，做人也是学问。做人有问题，教师也就是学问的皮囊而已，借学问之名苟行教学之事。

● 教学走向极端的表现：①功利化，强调升学率，追求分数论，重知识，轻能力，名校率与升学率遮盖虚伪的过程。考试是学校的唯一选择。②学业负担，浪费时间，机械作业，重复作业，体力劳动大于脑力劳动。③教学方法陈旧单一，灌输式、填鸭式、强迫式横行教学。④学习与生活脱节。枯燥教学培养模式，不是为将来培养人才，是知识的堆砌。⑤管理压抑，以安全名义紧紧束缚学生的行为，不出事就是好的管理。

● 课程整合。课程的背后是人、是规律、是逻辑、是哲学。思考中走向真理就是智慧之生成。

优化课堂从引领教学入手：一要加大课程建设，以优秀引领优秀，整合课程；二要劳逸结合，从时间、地点、项目、活动、资源、个性、目标等方面精简学校治理体系；三要课堂教学持续推进优化方案；四要教师培养，学习是常态，修养是陶冶；五要特色发展，从学校、课程、教学、教师、学生等方面构建个性元素，提出自己主张，创新教育理念。

强调极端教学的人以外界压力和现实情况为借口，一味地说受制于现实，还期望于未来。有的人也认为高考不改，现实无法。其实暴露了两个错误论，一是保守论。优化课堂，以新理念、

新思路构建课程与教学，质量不但不会受影响，反而会更出色，但惯性使教师保守地坚持多年的认知，谁也不做出头鸟，要死一起死。同时也反映出教师的知识结构不足以支撑新理念下的创新课堂教学。二是逃避论。高考已经在悄悄改变，个别题型对传统的教学已经发出挑战，无论什么事想走两极是不可能的。高考存在是问题，取消高考同样是问题。面对问题，我们总要解决。逃避一个问题就会面对新的问题。

好的教育在养。养，如中医把脉，调理讲究节奏，所谓法无定法。如果一味地拿过去的经验灌输于未来的教育，教育就是机械的、模式的。调理讲究度，抛开经验也不可取，与时代契合，始终走在学习的道路上，教育与学习相伴同行，教育才是真正的充满生命力的教育。无论什么，与学习结伴，一定是不可战胜的。思想的光芒闪耀未来，否则，我们终将是一粒尘埃，连流星的光芒也不会出现。养，需要时间与呵护，陪伴、入心、放手。教师是养护人，将有限的人格与学问做成终生的追求，无限就成就伟大。

做事业好比学生答题。包括做的层次，还有做得好不好的问题，做得好的坚持，做得不好的就先不做，观察，调研，设计，思考。知是行之始，行是知之成，酝酿也是做的一部分。好多事，不做就算了，更多的是做了，做着敷衍的事。有的想做，做错了，方向不对，努力反而起反作用；有的想去做，不知如何做，方向对，但思路不清晰，左顾右盼；有的想做，做得慢，行动迟缓，执行力不够。

灵魂的事业是伟大的学问。社会是复杂的综合体，之所以复杂，是因为主要是建立在物质社会基础之上的。精神社会不易

掌控，社会规则只能从物质需求的实际出发，寻求精神生活的升华。由于显性与隐性的区别，精神与物质的交织导致人格的多样性，社会因此存在各种矛盾。人们一直在追逐物质的增量，有的人得到了甲物，却以为得到了乙物，实际上需要的是丙物。精神上的富有也需要社会认同与个体满足，但由于受社会生存条件的束缚，人们往往委曲求全，忍一时，过一时，总把希望寄托给未来或他人，失去了自我，一生匆匆，一事无成，老之将至方想回归真理，可惜已经无益于社会，毕竟，时代已经被下一代人占据舞台。从这个角度上讲，成功是漫长过程的努力，没有过程的坚持不会有成功，正如物质与精神的逻辑一样，人走在物质的追求上忽略精神的成长，总想将精神滞后，殊不知精神的孕育更需要过程。教育作为精神世界的原动力，教师作为人类灵魂的引导者，唯有自知之明，方能化生活中的一切都成教育，将生活的视野打开，将教育的格局打开，集古今中外思想于一体，学视听言动于一身，做有长度、有高度、有深度、有温度、有气度的学问之师。

时代，从呼唤到召唤。教师，从清醒到觉醒。

高中数学入门谈

中学转型阶段，数学尤为重要，一方面体现在学科价值上，另一方面体现在学习难度上。学好数学是反映初高中良性过渡的标志。学生要打破传统思维，以开放的心态勇于接受新思维、新方法，走出初中题海的阴影，对问题多想、敢想、多算、快算。不要始终想着初中所学，要不断体会高中新知识的逻辑。一句话，

数学心态是思维的时空反映。

首先是学生要以函数知识为背景，充分掌握分类讨论与数形结合的思想方法，从思想的高度灵活解决问题。抓住规律，形成系统；抓住重点，以点带面。其次是计算能力的提高。不动笔学不好数学，身边没有演算纸学不好数学。再次是解题训练。不做题，永远无法实现从量变到质变的过程。然后是不耻下问。问同学，问老师，将学问进行到底。否则问题越积越多，早晚成大患。最后是学习笔记。听讲内容要简记，疑难问题要梳理，错题要记录，不会的题要备忘。时常翻阅，防止遗忘，在反思中学会数学。

万事开头难，课程入门难。思考、演算、总结是学习的常态。

◆ 试

未到高中，先到初中，考前辅导，接力欢迎，主动迎棒，初建缘分。

2018中考备考建议

分享三点思考——人生需要表达、人生需要证明、中考备考建议。

人生需要表达。活着，有话说，就需要表达，充满机遇。中考是学生青春的表达。

2015年赤峰市中考作文题：

一、有你的时光（题目）

二、反省话题（自拟题目）

2016年赤峰市中考作文题：

一、……，我为你点赞（题目）

二、文明话题（自拟题目）

2017年赤峰市中考作文题：

一、与……相伴的日子（题目）

二、积累话题（自拟题目）

语文是欣赏与表达，我与世界，世界与我，欣赏与被欣赏，表达与被表达。我与世界只差一个你，这个你，是伙伴，是向导，是伯乐，是标准，是定位。人是群居动物，注定人生的不同呈现方式。关键是欣赏什么、表达什么。对人生与世界的理解，存在与意义的问题其实都是价值观的定位，我在何处？我想到何处？我如何到达？身在何处看初心，想到何处看梦想，如何实现看使命。简单说，在初中想到高中，如何到达？参加中考，综合选择，最关键看老师的学识与责任。当你的初心、梦想、使命出现问题的时候，让我们梳理一下年度要闻。

2018年的世界，我们都有哪些记忆？

记忆一

事件：从乡愁到美丽乡村。

2017年12月14日余光中先生去世。余光中，台湾著名诗人、散文家、批评家、翻译家。祖籍福建永春，生于江苏南京，曾就读于

金陵大学外语系,后转入厦门大学,1948年随父母迁至香港,次年赴台。诗作《乡愁》表达了作者浓重的文化寻根情结,展现了时代深沉的历史沧桑画卷。

乡愁

小时候/乡愁是一枚小小的邮票/我在这头/母亲在那头

长大后/乡愁是一张窄窄的船票/我在这头/新娘在那头

后来啊/乡愁是一方矮矮的坟墓/我在外头/母亲在里头

而现在/乡愁是一湾浅浅的海峡/我在这头/大陆在那头

2018年4月23日《人民日报》消息:新华社北京4月23日电 中共中央总书记、国家主席、中央军委主席习近平近日作出重要指示强调,要结合实施农村人居环境整治三年行动计划和乡村振兴战略,进一步推广浙江好的经验做法,建设好生态宜居的美丽乡村,让广大农民在乡村振兴中有更多获得感、幸福感。

问题:家是什么?

分析:家是灵魂。

1.家是味道。味道穿越时空。

2.家是力量。力量维持生活。

3.家是情怀。情怀塑造精神。

灵魂深入骨髓,灵魂溶入血液。天下是大家。杜甫《茅屋为秋风所破歌》——安得广厦千万间,大庇天下寒士俱欢颜。风雨不动安如山!范仲淹《岳阳楼记》——先天下之忧而忧,后天下之乐而乐。人的一生,不断面对家的变迁,家的变迁史就是灵魂的走向史。

记忆二

事件：从汶川地震十周年到母亲节。

5.12汶川地震十周年——走出伤痛，将爱传承。2008年5月12日14时28分04秒，一个无法被忘记的时间，四川汶川发生8.0级大地震……当年救援的时候有一个母亲，抢救人员发现她的时候，她已经死了，是被垮塌下来的房子压死的，透过缝隙依稀能看到她死亡的姿势，双膝跪着，整个上身向前匍匐着，双手扶着地支撑着身体，身体已经变形了。救援人员费力地把手伸进这位母亲的身子底下摸索寻找，摸了几下高声地喊："有人，有个孩子，还活着。"人们小心地将废墟清理掉，在母亲的身体下面躺着是她的孩子，有母亲的保护，孩子毫发未伤，抱出来看着熟睡的脸让所有在场的人感到很温暖。随行的医生揭开被子发现一部手机，里面有一则写好的短信："亲爱的宝贝，如果你能活着，一定要记住我爱你。"

2018年5月13日，母亲节。母亲节起源于美国。1906年5月9日，美国费城的安娜·贾薇丝的母亲不幸去世，她悲痛万分。在次年母亲去世周年忌日，安娜小姐组织了追思母亲的活动，并鼓励他人也以类似的方式来表达对各自慈母的感激之情。此后，她到处游说并向社会各界呼吁，号召设立母亲节。她的呼吁获得热烈响应。1913年5月10日，美国参众两院通过决议案，由威尔逊总统签署公告，决定每年5月的第二个星期日为母亲节。这一举措引起世界各国纷纷仿效，至1948年安娜谢世时，已有43个国家设立了母亲节。

问题：爱是什么？

分析：爱是坚强。

1.爱是错误。犯了那么多的错，只是为了学会自己走人生路。如果早明白、早知道，我们又何必那么不懂事地浪费他人对我们的爱。

2.爱是经历。陪伴的过程，牵你的手蹒跚学步，牵你的手花前月下，牵你的手风雨同舟，牵你的手追忆时光。只因牵手无数，只因背影如昨，只因默默无言。

3.爱是超越。在爱中成长，在爱中感恩。坚强不是与生俱来的，一路走来，我们在爱的点点滴滴中逐渐完成了人生的蜕变，终于学会了坚强。

记忆三

事件：从"丝绸之路"到"一带一路"。

丝绸之路，简称丝路，一般指陆上丝绸之路，广义上讲又分为陆上丝绸之路和海上丝绸之路。陆上丝绸之路起源于西汉（前202—8年），汉武帝派张骞出使西域，开辟以首都长安（今西安）为起点，经甘肃、新疆，到中亚、西亚，并连接地中海各国的陆上通道。它的最初作用是运输中国古代出产的丝绸。1877年，德国地质、地理学家李希霍芬在其著作《中国》一书中，把从公元前114年至公元127年间，中国与中亚、中国与印度间以丝绸贸易为媒介的这条西域交通道路命名为"丝绸之路"，这一名词很快被学术界和大众所接受，并正式运用。"海上丝绸之路"是古代中国与外国交通贸易和文化交往的海上通道，该路主要以南海为

中心,所以又称南海丝绸之路。海上丝绸之路形成于秦汉时期,发展于三国至隋朝时期,繁荣于唐宋时期,转变于明清时期,是已知的最为古老的海上航线。2014年6月22日,中、哈、吉三国联合申报的陆上丝绸之路的东段"丝绸之路:长安—天山廊道的路网"成功申报为世界文化遗产,成为首例跨国合作而成功申遗的项目。2013年9月,国家主席习近平提出建设"新丝绸之路经济带"的战略构想。2015年3月28日,国家发改委、外交部、商务部联合发布了"推动共建丝绸之路经济带和21世纪海上丝绸之路的愿景与行动"。2017年5月14日,国家主席习近平在北京出席"一带一路"国际合作高峰论坛开幕式,并发表题为《携手推进"一带一路"建设》的主旨演讲。正如美国《福布斯》杂志所观察到的,"在世界各地的政府与企业会议室里,在物流枢纽现场,在数十个国家的新建经济特区,'一带一路'建设正实实在在地发生着"。

中共十五大报告首次提出"两个一百年"奋斗目标:第一个一百年,是到中国共产党成立100年时(2021年)全面建成小康社会;第二个一百年,是到新中国成立100年时(2049年)建成富强、民主、文明、和谐的社会主义现代化国家。习近平总书记自中共十八大以来的历次公开讲话与文章中,"两个一百年"出现次数超过100次,其重要性非同一般。"两个一百年"奋斗目标,犹如冲锋号与催征鼓,与中国梦一起,成为引领中国前行的时代号角。

问题:梦是什么?

分析:梦是自己。什么是自己?分享三点感悟。

1.召唤。每个人的内心都有意识的召唤,不一定呐喊,却常刺痛自己的内心。现实遵从了,它化作满满的愉悦;现实违背了,它化作深深的自责。梦就是方向,就在前方。如果我们听从内心的召唤,梦总会实现。实现梦想时才发现,原来自己是这样精彩。

2.火花。黑夜的时光与白天一样漫长,有时候,夜晚的火花对白天都有特别的意义。

3.收获。人生最大的收获就是收获自己的梦想。

试想,如果我们听从内心的召唤,捕捉生命中的每一次火花,收获自己的梦想,人生有涯亦无涯,人生有梦亦无梦。

以上谈了三个主题:家、爱、梦。有了理解的主题,我们接下来将所学所读课文重新梳理,作为写作素材。文章有理有据,有哲理有故事,欣赏有角度,表达有力度,这就是我理解的欣赏与表达。在中考的最后阶段,我之所以谈作文,是因为一方面为学生应试提前做准备。回顾近三年中考作文题,我们不妨尝试分析命题导向。一个侧向记叙文,另一个侧向议论文,高分往往在议论文中产生。2015反省话题——写在十八岁的反省。爱是坚强,以汶川地震与母亲节为例,用书信体表达,书写爱是错误、经历、超越的故事。2016文明话题——让梦筑就文明之花。梦是自己,以"丝绸之路"与"一带一路"为例,用议论文表达,文明是人类的召唤、思想的火花、历史的收获。2017积累话题——家是时光的积累。家是灵魂,以余光中的《乡愁》和国家美丽乡村政策为例,用议论文表达,表达味道、力量、情怀。总有一个主题能够解读作文题目。2018让我们拭目以待。在中考的最后阶段,我之所

以谈作文,是因为另一方面,正是我想说的,青春不也是欣赏吗? 青春不也是表达吗? 不欣赏不表达,何以为青春? 中考给我们机遇,我们就要勇敢地去面对,家、爱、梦,从家出发,为爱逐梦。中考只是一个驿站,我非豪杰却豪迈,我非豪放却豪情。青春之美,因为有家、有爱、有梦。

人生需要证明。活着,就需要证明,充满挑战。中考是学生青春的证明。

2015年赤峰市中考数学第26题:

已知二次函数 $y=ax^2+bx+3a$ 经过点 $A(-1,0)$,$C(0,3)$,与轴交于另一点 B,抛物线的顶点为 D。

(1)求此二次函数的解析式。

(2)连接 DC,BC,DB,求证 $\triangle BCD$ 是直角三角形。

(3)在对称轴右侧的抛物线上是否存在点 P,使得 $\triangle PDC$ 为等腰三角形? 若存在,求出符合条件的点 P 的坐标; 若不存在,请说明理由。

答案:$y=-x^2+2x+3$ $P\left(\dfrac{3+\sqrt{5}}{2}, \dfrac{5-\sqrt{5}}{2}\right)$ 或 $(2,3)$

分析:

(1)待定系数法:抛物线一般式、顶点式、两根式。一次函数:形式、意义、数量、局限。

(2)直角问题:分类讨论、勾股定理及其逆定理。

(3)存在性问题:分类讨论、方程思想。

再分析:

（4）垂直问题：斜率意义及图像关联、垂直与平行的斜率表达。

（5）条件转换：等腰体现之一，从过程联立直线与曲线；等腰体现之二，从结果根据等腰列方程组求坐标，从而引出中垂线的求法，涉及线线交点问题，将对数的理解迁移到对形的认知。

（6）公式：中点坐标公式、两点间距离公式。

（7）中垂线：中点与垂直关系、待定系数法。

（8）概念：a, c, Δ, $-\dfrac{b}{2a}$ 顶点坐标，求根公式、韦达定理（已知两数的和与积求两数问题、结果与意义）。如抛物线与轴交于 A, B，顶点为 C，当 $\triangle ABC$ 是等边三角形、等腰直角三角形、锐角的直角三角形，给出面积值，求经过此三点的抛物线解析式。

2016年赤峰市中考数学第26题：

在平面直角坐标系中，已知点 $A(-2,0)$, $B(2,0)$, $C(3,5)$。

（1）求过点 A, C 的直线解析式和过点 A, B, C 的抛物线解析式。

（2）求过点 A, B 及抛物线的顶点 D 的 $\odot P$ 的圆心 P 的坐标。

（3）在抛物线上是否存在 Q，使 AQ 与 $\odot P$ 相切，若存在，请求出 Q 点坐标。

答案：（1）$y=x+2$　　$y=x^2-4$　　（2）$P\left(0,-\dfrac{3}{2}\right)$

（3）$Q\left(\dfrac{10}{3},\dfrac{64}{9}\right)$

分析：

（1）待定系数法：数据的特殊性。

（2）坐标法：方程思想，从过程与结果出发的方法考量，关注特殊性。

（3）垂直问题：直角三角形、勾股定理逆定理、方程思想。

2015年、2016年相同之处均是对三方面进行考察：式、点、直角。

2017年赤峰市中考数学第26题：

二次函数$y=ax^2+bx+c$，$(a\neq0)$图像交x轴于A，B两点，交y轴于点D，点$B(3,0)$，顶点$C(1,4)$。

（1）求二次函数解析式和直线BD的解析式。

（2）点P是直线BD上的一个动点，过点P作轴的垂线，交抛物线于点M，当点P在第一象限时，求线段PM长度的最大值。

（3）抛物线上是否存在异于B，D的点Q，使ΔBDQ中BD边上的高为$2\sqrt{2}$，若存在点Q，求出其坐标；若不存在，请说明理由。

答案：（1）$y=-x2+2x+3$　　$y=-x+3$　　（2）$\dfrac{9}{4}$

（3）$Q(4,-5)$或$Q(-1,0)$

分析：

（1）待定系数法：数据的特殊性。

（2）最值问题：函数思想。

（3）存在性问题：找点，围绕垂直，区别以往直角顶点的固定，条件如何转换。设点，利用平面几何知识转换成与轴平行的

长度问题。

再分析:

(4)最值问题:①围绕点关于直线的对称问题,寻求符合最值条件的点的坐标。②围绕直线与抛物线相切求点到直线的最值问题。③围绕面积变化产生的最值问题。④用配方法求最值时对自变量范围的研究。

(5)平行线问题:利用轨迹知识知道Q的生成,如何求平行线,在生成的过程中利用角度解决问题。本题可以从特殊性出发,得到A的存在进而继续求解。根据BD的特殊性也能求出平行线,或过原点寻求距离,或直接利用倾斜角找横轴点的坐标。

综合预测:

(1)解析式的求法是基础,注意建构在特殊图形上的研究,注意待定系数法的灵活形式,注意数据的特殊性。

(2)用坐标法求点是重点,注意方程思想的运用,注意条件转换,注意平面几何知识的运用。

(3)存在性问题是难点,注意角度,注意长度,注意面积。

(4)最值问题是方向,注意函数思想,注意条件转换,注意平面几何知识的运用。

中考备考建议:

(一)时光意义

中考是人生中的一级台阶,是人生多个十字路口中的一个必选。在初中三年的光阴里,忘记了白天与黑夜,我们拼命与时间赛跑,犹如一次马拉松,快要到终点了。试问:一路上的好景色是否

映入眼帘、尽收眼底？累在所难免，心是否愉悦？终点就在前方，比赛就是参与，在白天与黑夜的交替中，我们是否关注朝阳与落日、关注生命的节奏、关注生活的味道、关注花开的声音、关注阅读的力量、关注问题的思考。时光匆匆如流水一般逝去，日子随琐事，忙碌无头绪，从现在开始，让我们重新将生活与学习理个思路。时光是一去不复返的，请珍惜光阴，力求每一分每一秒的真实都永驻心间。偶尔分享，不忘努力。拥抱世界最好的方式就是享受生命中的时光，让时光看得见，让青春看得见，青春因为看得见而美丽。时光如影子，时刻不分离，不管隐与现，自己最知道。

也就是说，我们从现在开始追求一点儿艺术生活。什么是艺术生活？一是真实的状态。我们生存的当下就是真实，我们要感恩地去面对，对世界宽容，少抱怨，少不满，世界多劫难，幸福慢慢来，日子总会好的。人与人不能比，比好的失意不公丧斗志，比差的满足现状不上进。社会的未来一定是一代代人的轮流努力。二是精神的力量。我们有自己的偶像，我们有想象的未来，我们有渴望的世界，人活着就要有精神。偶像不是盲目用来追的，偶像是为你人生导航的，现在该用他们了。如果你的偶像在你最需要他的关键时刻激发了你的动力，请继续崇拜；如果这个时候，他不曾给你力量，请换成我，因为我现在正当时。三是智慧的境界。生存需要智慧，思想需要智慧，我们之所以用心用力地学习，是因为学习也是智慧的修为，为此，我们要从身边的世界中感悟生命的滋味，读出你眼中的世界。艺术的生活是真实、精神、智慧的合体，为人、为事、为学同出一理，就好比记叙文、说明文、议论文一样。

不妨与大家分享一首席慕蓉的诗作《少年》。

请在每一朵昙花之前驻足/为那芳香暗涌/依依远去的夜晚留步/他们说生命就是周而复始/可是昙花不是/流水不是/少年在每一分秒的绽放与流动中/也从来不是

(二)知识系统

强调几点对知识的理解方式：

一是厚薄说。知识是学不完的，21世纪知识爆炸导致信息社会的到来。人的生命是有限的，知识是无限的。雷锋是将有限的生命投入到无限的为人民服务中去。我们呢？不能将有限的生命投入到无限的知识中去，课本那么厚，习题那么多。这时，你要将知识提炼出来，看到知识背后的主旨，主要是什么，重点是什么，将要考什么；哪些是同类的，哪些是重复的，以命题人的身份分析试题。我出题，我出哪些题？这应该是重点。以旁观者的角度梳理课本，课本到底在表达什么呀？我是不是旁观者清呢？不要再入局，要出局。

建议：习题做不完，只演算近期错题；课本看不完，只搜索课本重点。

二是横纵说。事物总是走走停停，历史总是分分合合，知识也是零零散散。面前是一张白纸，你怎样书写你的文字呢？还以作文为例，横向围绕一个主题。如果写景，横向比较可从所有学过的景物描写中寻找灵感，是春江花月夜，还是大漠孤烟直？是海天成一色，还是几度夕阳红？是北方的青纱帐，还是南方的甘蔗林？是千里冰封万里雪飘的北国，还是多少楼台烟雨中的江

南？纵向围绕事物发展的规律。如记叙文的时间顺序，说明文的观察顺序，议论文的起、承、转、合。历史也一样，穿越时空，人物、地点、事件、环境都会发生改变，比如美的标准就呈现不同的审美观。

建议：横向比较找方法，纵向发展找规律。

三是联结说。大脑的神经反映系统就是一个超级联结网络，思维导图是心智系统。身之体验与心之灵感需要激活。人体中的突触是一种联结状态，思绪是种游离状态。个人状态有专注与发散两种模式，问题的解决需要寻找一种路径，需要时间，需要坚持，需要改变，所以联结意味着总有解决问题的路径。我们要做自己的设计师，让思考活灵活现。正因如此，世间万物，不经意间触动了你的任意一根神经，你可能都会浮想联翩。

建议：多画思维导图找联系。

四是程序说。人工智能是21世纪的主流，信息化是对程序的支持。程序有循环、有选择、有顺序，程序是人编出来的，它就是人脑的思维体现。循环提示我们还有哪些知识需要温故而知新；选择提示我们如何分配科目，如何安排时间，从而提高效率；顺序提示我们如何计划每一天的生活与学习。

建议：淡定从容，有条不紊。

五是重点说。复习到了这个时候，其实已经非常完美了，但是考试犹如跳远的踏板，想要成绩，运动员需要恰好踏在踏板上，步伐需要刚刚好。考试处于等待中，不能再面面俱到了，还是那句话，重点问题重点准备。

建议：以点带面，抓住重点。

六是思想说。知识的系统是思想体系的构建，各学科都有思想，数学中有方程的思想、函数的思想、概率的思想、分类的思想、讨论的思想、数形的思想、极限的思想等等。试题一定是思想的反映，思想就是解题想法的源头。

建议：拿出一套题专做思想分析。

七是方法说。思想的背后是方法的达成，数学中有对称法、待定系数法、特殊法、综合法、分析法、解析法、归纳法等等。方法关乎答案的生成，无法不成题。

建议：拿出一套题专做方法研究。

八是错误说。提高一定是将错误修改为正确之后的改变，否则会与不会永远泾渭分明。

建议：专做错题。分析错的原因后对症下药。

（三）状态调整

身体调整注重饮食科学，体征状态，锻炼合理。心灵调整注重交流沟通，态度从容，情感平和，意志坚定，动机自信，品质健康。

建议：主动找老师，主动解决问题，积极面对问题。不回避，不压抑。要有阳光心态。

（四）考试方案

适应时间与空间，假想，似曾相识，适应是心理的情境再现。设计书写与表达，包括格式、字体、字号、观点、要点、思路、局限。注重分解与合成，步骤与顺序，分步与跳跃，过程与结果。调

整状态与心态, 记住: 我只要发挥我自己。强化策略与方法, 特殊与一般, 整体与局部, 综合与分析。培养意志与品质, 求助热线, 成为永不消逝的电波。一句话的暗示: 自信、坚持、超越。过去——不回头, 不后悔! 现在——正当下, 正自己! 将来——不抬头, 不希望! 希望无所谓, 有无不定数, 最好的行动决定于当下的选择, 将实用主义进行到底。

建议: 做好各种情况发生的预案, 多问几个如果。

当下最重要, 一首小诗《当下》作为今天的结束语并表达我个人对大家的美好祝愿——

时光倾入杯中/且将人生豪迈/莫道世事沧桑/此情最是追忆

来到高中, 面对大学; 专心致志, 持之以恒; 为人为学, 求真求实。

新“行·品·知”解读

行在节气, 品在茶艺, 知在家训。

天时、地利、人和是行、品、知的内涵。

第一个节气是立春, 主题是“愿景”。一年之计在于春, 春天是希望的季节。春天正逢春节, 春天承前启后, 继往开来。春日宜饮花茶。茉莉花茶属于花茶, 茉莉花茶是将茶叶和茉莉鲜花进行工艺再造, 使茶叶吸收花香而成的茶叶, 香气鲜灵持久, 滋味醇厚鲜爽, 汤色黄绿明亮, 叶底嫩匀柔软。具有安神、解抑郁、健脾理气、抗衰老、提高机体免疫力的功效。《朱子家训》言: “黎明即起, 洒扫庭除, 要内外整洁。”开始意味着出发。唐朝卢全

《人日立春》："春度春归无限春，今朝方始觉成人。从今克己应犹及，颜与梅花俱自新。"

第二个节气是雨水，主题是"文化"。元宵节，团圆之上有谜语。玉兰花茶采用优质绿茶与优质白玉兰鲜花为原料精心调制而成。香韵独特，醇厚回甜，性味辛温，祛风通窍。《朱子家训》言："一粥一饭，当思来处不易。"唐朝杜甫《春夜喜雨》："好雨知时节，当春乃发生。随风潜入夜，润物细无声。野径云俱黑，江船火独明。晓看红湿处，花重锦官城。"

第三个节气是惊蛰，主题是"行动"。桂花花茶选用清香的优质绿茶和优质金桂花精心制作。形似绿叶缀金花，汤色金黄明亮，滋味鲜醇甘爽，茶香花香并茂，清雅持久，加入少许蜂蜜，味更甜美，排毒美颜。《朱子家训》言："半丝半缕，恒念物力维艰。"唐朝崔护《题都城南庄》："去年今日此门中，人面桃花相映红。人面不知何处去，桃花依旧笑春风。"

第四个节气是春分，主题是"合作"。菊花是常用中药，古人称之为"延寿客"。中医认为菊花味甘苦，性微寒，具有疏风、清热、明目、解毒之功效。菊花泡龙井称之为"菊井"，泡普洱称之为"菊普"，菊与茶合用，相得益彰。冰镇并加有冰糖或蜂蜜的菊花茶具有清凉、降火、润喉之功效。《朱子家训》言："饮食约而精，园蔬愈珍馐。"宋朝陆游《游山西村》："莫笑农家腊酒浑，丰年留客足鸡豚。山重水复疑无路，柳暗花明又一村。箫鼓追随春社近，衣冠简朴古风存。从今若许闲乘月，拄杖无时夜叩门。"

第五个节气是清明，主题是"感恩"。清明节是思念的节日。白毫银针，简称银针，又叫白毫，福鼎白茶，因其白毫密披、色白如银、外形似针而得名。其香气清新，汤色淡黄，滋味鲜爽，是白茶中的极品，素有茶中"美女""茶王"之美称。《朱子家训》言："居身务期质朴，教子要有义方。"唐朝杜牧《清明》："清明时节雨纷纷，路上行人欲断魂。借问酒家何处有？牧童遥指杏花村。"

第六个节气是谷雨，主题是"进步"。白牡丹，福鼎白茶，因其绿叶夹银白色毫心，形似花朵，冲泡后绿叶托着嫩芽，宛如蓓蕾初放，故得美名。白牡丹是白茶中的上乘佳品。《朱子家训》言："刻薄之家，理无久享。"唐朝齐己《谢中上人寄茶》："春山谷雨前，并手摘芳烟。绿嫩难盈笼，清和易晚天。且招邻院客，试煮落花泉。地远劳相寄，无来又隔年。"

第七个节气是立夏，主题是"成长"。夏天宜饮绿茶。西湖龙井，绿茶名品，浙江名茶，色绿、香郁、味醇、形美。《朱子家训》言："见富贵而生谗容者，最可耻。"唐朝高骈《山亭夏日》："绿树阴浓夏日长，楼台倒影入池塘。水精帘动微风起，满架蔷薇一院香。"

第八个节气是小满，主题是"精简"。洞庭碧螺春，绿茶珍品，江苏名茶，形美、色艳、香浓、味醇。《朱子家训》言："遇贫穷而作骄态者，贱莫甚。"宋朝欧阳修《小满》："夜莺啼绿柳，皓月醒长空。最爱垄头麦，迎风笑落红。"

第九个节气是芒种，主题是"勤奋"。信阳毛尖，绿茶特品，

河南名茶，外形细、紧、圆、直，内质香高、味浓、耐泡、毫白。《朱子家训》言："屈志老成，急则可相依。"宋朝陆游《时雨》："时雨及芒种，四野皆插秧。家家麦饭美，处处菱歌长。老我成惰农，永日付竹床。衰发短不栉，爱此一雨凉。庭木集奇声，架藤发幽香。莺衣湿不去，劝我持一觞。即今幸无事，际海皆农桑。野老固不穷，击壤歌虞唐。"

第十个节气是夏至，主题是"励志"。端午节是值得纪念的节日。黄山毛峰，绿茶极品，安徽名茶，色清澈明亮，芽肥壮匀齐，味醇厚甘甜。《朱子家训》言："因事相争，焉知非我之不是，须平心暗想。"唐朝刘禹锡《竹枝词》："杨柳青青江水平，闻郎江上唱歌声。东边日出西边雨，道是无晴却有晴。"

第十一个节气是小暑，主题是"发现"。君山银针，黄茶极品，湖南名茶，香气清高，味醇甘爽，汤色清澈，芽壮多毫，条直匀齐，白毫如羽。《朱子家训》言："施惠勿念，受恩莫忘。"唐朝元稹《小暑六月节》："倏忽温风至，因循小暑来。竹喧先觉雨，山暗已闻雷。户牖深青霭，阶庭长绿苔。鹰鹯新习学，蟋蟀莫相催。"

第十二个节气是大暑，主题是"淡定"。霍山黄大茶，属黄茶，亦称皖西黄大茶，产于安徽霍山。叶大，梗长，黄色黄汤，香高耐泡，具有抗辐射、提神清心、消暑等功效。《朱子家训》言："凡事当留余地，得意不宜再往。"唐朝白居易《消暑》："何以消烦暑，端居一院中。眼前无长物，窗下有清风。热散有心静，凉生为室空。此时身自得，难更与人同。"

第十三个节气是立秋，主题是"尊重"。沩山毛尖，黄茶极品，湖南名茶。沩山毛尖茶叶缘微卷，呈片状，形似兰花，色泽黄亮光润，身披白毫。冲泡后内质、汤色橙黄鲜亮，烟香浓厚，滋味醇甜爽口，风格独特。《朱子家训》言："人有喜庆，不可生妒忌心。"宋朝刘翰《立秋》："乳鸦啼散玉屏空，一枕新凉一扇风。睡起秋声无觅处，满阶梧桐月明中。"

第十四个节气是处暑，主题是"运动"。秋天宜饮乌龙茶。大红袍，青茶系列，乌龙茶极品，福建名茶，香气馥郁，岩骨花香，汤色橙黄，滋味甘醇。《朱子家训》言："人有祸患，不可生喜幸心。"宋朝苏泂《处暑》："处暑无三日，新凉直万金。白头更世事，青草印禅心。放鹤婆娑舞，听蚕断续吟。极知仁者寿，未必海之深。"

第十五个节气是白露，主题是"思考"。铁观音，青茶系列，乌龙茶极品，福建名茶，茶条卷曲，肥壮圆结，沉重匀整，色泽砂绿。《朱子家训》言："善欲人见，不是真善，恶恐人知，便是大恶。"唐朝杜甫《白露》："白露团甘子，清晨散马蹄。圃开连石树，船渡入江溪。凭几看鱼乐，回鞭急鸟栖。渐知秋实美，幽径恐多蹊。"

第十六个节气是秋分，主题是"设计"。中秋节是美好的节日。凤凰单丛，青茶系列，乌龙极品，广东名茶，浓醇鲜爽，润喉回甘。《朱子家训》言："宜未雨而绸缪，毋临渴而掘井。"毛泽东的《沁园春·长沙》："独立寒秋，湘江北去，橘子洲头。看万山红遍，层林尽染；漫江碧透，百舸争流。鹰击长空，鱼翔浅底，万类

霜天竞自由。怅寥廓，问苍茫大地，谁主沉浮？携来百侣曾游，忆往昔峥嵘岁月稠。恰同学少年，风华正茂；书生意气，挥斥方遒。指点江山，激扬文字，粪土当年万户侯。曾记否，到中流击水，浪遏飞舟？"

第十七个节气是寒露，主题是"顿悟"。冻顶乌龙茶，青茶系列，乌龙极品，台湾名茶，茶汤清爽怡人，汤色蜜绿带金黄，茶香清新典雅，香气清雅，喉韵回甘浓郁且持久。《颜氏家训》言："夫圣贤之书，教人诚孝，慎言检迹，立身扬名。"唐朝张继《枫桥夜泊》："月落乌啼霜满天，江枫渔火对愁眠。姑苏城外寒山寺，夜半钟声到客船。"

第十八个节气是霜降，主题是"追求"。重阳节是非常有意义的节日。祁门红茶，红茶极品，安徽名茶，红艳明亮，甘香醇厚，叶底红亮。《颜氏家训》言："奢而不孙，俭则固；与其不孙也，宁固。"毛泽东《采桑子·重阳》："人生易老天难老，岁岁重阳，今又重阳，战地黄花分外香。一年一度秋风劲，不似春光，胜似春光，寥廓江天万里香。"

第十九个节气是立冬，主题是"知己"。冬天宜饮红茶或黑茶。正山小种，红茶鼻祖，福建名茶，外形紧结匀整，色泽铁青带褐，油润天香，含蓄甘爽。《颜氏家训》言："四海之人，结为兄弟，亦何容易。必有志均义敌，令终如始者，方可议之。"唐朝李白《立冬》："冻笔新诗懒写，寒炉美酒时温。醉看墨花月白，恍疑雪满前村。"

第二十个节气是小雪，主题是"沟通"。青砖茶主要产于长江

流域鄂南和鄂西南地区，历史悠久。《颜氏家训》言："与善人居，如入芝兰之室，久而自芳也；与恶人居，如入鲍鱼之肆，久而自臭也。"唐朝白居易《问刘十九》："绿蚁新醅酒，红泥小火炉。晚来天欲雪，能饮一杯无？"

第二十一个节气是大雪，主题是"热爱"。六堡茶是广西梧州市特产。六堡茶属黑茶，色泽为"中国红"。《颜氏家训》言："德艺周厚，则名必善焉；容色姝丽，则影必美焉。"唐朝柳宗元《江雪》："千山鸟飞绝，万径人踪灭。孤舟蓑笠翁，独钓寒江雪。"

第二十二个节气是冬至，主题是"反省"。泾阳茯砖茶，陕西名茶。色泽黑褐油润、金花茂盛、清香持久、陈香显露、清澈红浓、醇厚回甘绵滑。古丝绸之路上的"神秘之茶""生命之茶"。《颜氏家训》言："君子当守道崇德，蓄价待时，爵禄不登，信由天命。"唐朝杜甫《冬至》："年年至日长为客，忽忽穷愁泥杀人。江上形容吾独老，天边风俗自相亲。杖藜雪后临丹壑，鸣玉朝来散紫宸。心折此时无一寸，路迷何处见三秦。"

第二十三个节气是小寒，主题是"书写"。普洱茶，云南生茶，香气纯正，汤色橙黄，滋味深厚，回甘生津。《颜氏家训》言："天地鬼神之道，皆恶满盈。谦虚冲损，可以免害。"唐朝元稹《小寒》："小寒连大吕，欢鹊垒新巢。拾食寻河曲，衔紫绕树梢。霜鹰近北首，雉雊隐丛茅。莫怪严凝切，春冬正月交。"

第二十四个节气是大寒，主题是"读书"。普洱茶，云南熟茶，陈香显著，汤色红浓，滋味醇厚，口感爽滑。《颜氏家训》言：

"大生不可不惜,不可苟惜。"宋朝文同《和仲蒙夜坐》:"宿鸟惊飞断雁号,独凭幽几静尘劳。风鸣北户霜威重,云压南山雪意高。少睡始知茶效力,大寒须遣酒争豪。砚冰已合灯花老,犹对群书拥敝袍。"

"精行俭德"是茶的精神,"洁静正雅"是茶的艺术,"行、品、知"其实就是"和、道、悟"的文化。在节气中品茗闻道,感悟春秋,走过四季,超越时空。在回归自然中让心灵栖息。以本心务本力,事遂人愿。正是:动时"行到水穷处,坐看云起时";静时"宠辱不惊,看庭前花开花落。去留无意,望天上云卷云舒"。

将生活融入教育,教育就是美好的生活。

第一部分: 行——逻辑

学习领导力。

学校管理的原则与艺术

什么是真正的教育?回答总是有不确定的答案。毕竟世界发展充满太多的变化。但是教育并不是无痕可寻,学校管理也不是没有章法,我们从自己的学校出发,尝试学校的管理,从未知走向已知,必须坚持底线原则,在坚持底线原则的基础上寻求艺术的内涵,唯有这样,我们才不会迷失自己,看见可期待的光明。

那么,学校管理的底线原则有哪些呢?

一是法律原则。教育必须依法执教,依据《教育法》《教师法》办学。教师遵守职业道德规范,学生遵守学生守则。将生命放

在教育的首位，规划生涯，实践生活。成绩固然重要，还有比成绩更重要的，那就是生命。学习压力过大就容易出现极端事件；宿舍管理不公平，学生就容易发生伤害事件。教是为了不教，管是为了不管，要从内心让学生接受。处理不是目的，关键是预防。学生搞宿舍卫生不合格扣分后加上迟到又扣分，学生不理解。教师完全可以实地考察，让学生充分认识到事情的真相，没有调查，扣分是无益的。管理扣分，考试扣分，如果造成"分分是学生的命根儿"的事实，那么我们所做的就不是教育，机器人也能做了。

二是方向原则。无论何时教育都不会由个人完全说了算。我们是层级负责人，上面自然有领导意见。从行政部门的角度讲，下级必须服从上级，再结合实际处理相关问题。但是教育不一样，行政对事的较多，教育的对象是人，教育方针路线必须遵守，但是如何办学的问题必须从学生的实际出发。我们遵从主管领导的意见，注重家长的诉求，将学生成绩作为重中之重，这是发展的实情，没有任何问题，但办学模式还是要自己把握。如果情形正在往一个方向发展："管理一个严字，教学一个考字。"你明知道学生不违纪还严就是压抑人性，你明知道学生没学会还考就是揭人伤疤。我们要找问题的根，严从不学的开始，考从学会了开始。以某种模式代替某种模式，这本身就是问题，你去执行了，成绩出现问题的时候，谁负责呢。你说我按政策执行了，到那个时候，人家一句话：你们是高中富有经验的专家，我们只是意见，高薪聘你们难道你们没有自己的管理方法吗？所以，无论到了什么时候，不要忘记，我们是专业人才，你的专业是你的立身之本。

东施效颦迷失自我，创造之美源于自我。方法与原则涉及未来发展，看问题一定要以发展的眼光来看待，否则，事过境迁。历史证明我们当年的有些做法是错的，可以说我们的人生就是做了对不起教育的事。

三是换位原则。刨根问底，寻求本源。如果你的孩子上高中，你让他来这里上学吗？如果来，证明你的学校得到了你的真认同，否则，你凭什么让别人家的孩子受到"伪教育"？事实上，自己家的孩子也来这里吗？这是问题的根。从这一点上反思管理与教学，我们再思考我们的行动，工作才会有进步。

四是认同原则。学校的管理对象是人，人无非是学生与教师，只要是学生与教师都反对的事，管理一定有问题。做事要么征求学生或教师的意见，要么你知道学生或教师的真实想法，否则连想都不想，容易走偏路线。教师的年龄结构、性别比例、成长经历、教育背景等因素需要合力牵引，创造的潜能与爆发力不可小觑。诚然，目前职场最年轻的90后有时候出现与上几代人价值观不一致的地方，毕竟成长年代不一样，这需要青年人努力学习，教育的传承也是很重要的事业。教育需要在尊重的前提下引领成长。

五是个性原则。学生发展的最终方向是让学生成为自己，自食其力，成为社会好公民，为人类的发展作出自己的贡献。每一个人都是独立的灵魂个体，教育要从个体出发，因材施教，因人而异地处理好学生的成长问题。不要千篇一律，不要简单粗暴。有时候教师可以急，一时动气无所谓，教师也是人，但是长时间地

不根据个体学生情况处理问题，全按一刀切的方式做工作，工作就会走入死循环。管理无个性，学生无个性，学校就是加工厂，学生就成了产品。从这个角度上讲，我们在成绩的保证下培养什么样的人，这是值得管理者深思的根本问题。

六是合作原则。学校的合作体现在方方面面，管理与教学相结合，教师与教师合作，学生与学生合作，教师与学生合作。合作发生的质量与内涵决定了学校发展的高度与潜力。学校工作必须将合作放到最高的地位来对待。好心犯错误，爱就是伤害。解决作业均衡问题是关系学生课业负担的关键。

学校管理的艺术有哪些呢？

一是经验艺术。教育是积累的艺术，不是空穴来风。基于社会、人、知识、学习等因素的限制，权衡利弊，与时俱进，经验太重要了。教龄少的教师更需要认清方向与路线并积极努力，力争用最短的时间补充经验的养分。教龄长的教师更需要及时充电，倚老卖老的教师确实有，所以经验也需要及时充电和更新，特别是将经验与再学习以最佳的效果落实到实践中，让学生的学习真实地发生，这是最关键的。教育最容易出现两种现象，年轻的不求上进，不积极学习，不知天高地厚；年老的不求上进，不积极学习，指手画脚。无论哪种教师，都不要纸上谈兵，让学生真正满意的教师才是好教师。经验艺术也是工匠精神的体现，事业总是在传承中发扬光大。

二是激励艺术。高中时期是学生的成长阶段，充满热血与能量，教育在实施过程中多以激奋人心的教育为主，尽量少用以刺激

自尊为主的批评教育，能从正面解决的问题不要从反面惩罚学生。多从正面引导，少从反面伤害。成长的路上允许学生犯错误，有时候给学生稍许的时间，问题也许会自然而然地得到解决。不要功利地让学生困死在囚笼里，一点错误也容不下，教育也要包容。

三是静心艺术。学习需要走入知识的海洋，与现实世界的繁华相比，只有安静地学习才能感悟知识的真谛，只有静下心来才能聚精会神地心领神会。教育的一切活动都要从课程的角度出发，有意义建构，有人性光芒，否则教育就成了瞎折腾。心不静，事不顺，学习打折，教育缩水。

四是学问艺术。学校就是学习的地方。好的学校让学生学习有惊奇之旅，好的学校让学生跟随老师有景仰之心，好的学校让学生在学校有获得之感。到什么时候，将学问放到学校工作的重心上来，大家都在研究学问，少关注名、利、权的是是非非，学校就真正成了文化场，到那时，学校里的人才是灵魂的大师。学问是人才的标准，一是学，二是问，只有能分能合做到完美，人格也好，学习也罢，都尽在学问之中。

五是至简艺术。教育与人类息息相关。微观教育被简单地认为是学习知识，宏观教育其实是人生价值的实现。既然是人生价值的实现就一定会走向哲学。凡事求简，不要堆砌工作，不要越做越多，工作力求越做越明，越做越简。精益求精，去伪存真，学校才能彰显人性的力量。

六是节奏艺术。艺术是流动的音乐，艺术是心灵的旋律，艺术无声胜有声，艺术润物细无声。艺术讲究起、承、转、合，艺术讲

究结构、形式、内容、思想的高度融合。做人做事要学会艺术的节奏感，掌握好天时、地利、人和，力求因势利导，因地制宜。做人，在最需要的时候出现的人一定是有缘的人；做事，在最需要的地点出现的人一定是有分的人。学校管理工作一定要与教师与学生的生活与学习高度契合。学校就是一个幸福场，教育一定是幸福的。

生活不能苟且，否则诗与远方就是个遥远的梦而已，因为苟且之后还是你自己的苟且抑或是你苟且着他人，永远没有尽头，看不到未来。所以请年轻人不忘初心，不负使命。既然是知识分子，就要将知识分子的品格与气节坚守终生，否则，我们就是混饭混日子的凡人。处社会之远，不忘世界之广，不做井底之蛙，要学鸿鹄之志。

思想决定行动。

简·爱

年度主题文件夹"简·爱"，过年=过月+过日。陪地球奔跑的同时不要忘记陪地球旋转，这是自我的舞蹈。白天与黑夜，太阳与月亮，光明与黑暗，真实与虚伪，让岁月来说话。看得见的时光，不做信息的搬运工，只做创意的表达者。我们总不甘于寂寞，想多认识人，发生更多的故事，寻求生活的充实，有时表面的充实是充满，并不是充实。在生活如此充满的同时，不要忘记人类比之于地球，永远是个孩子。地球发生那么多故事，有过那么多经历，为什么我们不尝试与前人沟通，发现更多的精彩呢。与前人沟通，少走重复的路。既然人生有限，一代代人的接力就更有

意义。走进历史伟人的心灵世界，让我们的灵魂走向境界，生活的羁绊自然会解除。人生就是走过一个个驿站的旅行。驿站是热闹的，但给养过后，你仍需上路，驿站不是你永远的家。收拾好行囊继续出发，孤独是旅行的陪伴，人生的解脱不是面对繁华时的洒脱，而是面对孤独时的选择。世界足够大，茫茫大地，谁主沉浮？眼光落处，梦之所归。时光足够快，白驹过隙，忽然而已，与心同行，与今共舞；人生足够短，逝者如斯，不舍昼夜，简我所简，爱我所爱。

人总要有个活法。活出自己的是想法，活出他人的是看法，活出真实的是做法。为什么说三者缺一不可呢？没有想法，唯人所愿，纵使有做法，终会随波逐流，一时可以，一世却不值得赞赏。没有看法，纵使有想法与做法，得不到人们的承认，问题总是存在的。没有做法，纵使有想法与看法，纸上谈兵，不足为道。从规则到统计，解决了同声翻译，实现了信息语言的人机同步；从统计再到规则，需要重构人类的价值体系，重新整理人类的思想。思想的环保需要少一些，精一些，久一些，慢一些。读一个人的书，等于作者是向导，带你走进向导视角下的世界，讲解不乏重复的历史，但不可避免地传递向导的认知。风景、游客与向导代表了世界、自己与同伴。我们的生活就是在欣赏世界、理解同伴的同时提升自己，这就是旅行的价值。只不过读书是精神的旅行，旅游是现实的旅行。人一生的寻找其实不是找别的，只是为寻找精神与现实的结合点，或许是太阳升起的地方，或许是夕阳落下的地方，或许是梦开始的地方，或许是家回归的地方，从这一点上

来讲，我们每一个人其实都是个游子。

世界时刻在改变，在改变中适应与选择，这种改变往往决定一个人转型升级的际遇。世界之光，尽收眼底。人的眼光取决于你使用何种观察工具，显微镜、放大镜、望远镜、平面镜，每一种工具的背后反映的是不同的印象。内容直接或间接地影响了我们对世界的评价。

生活没有最好，最好永远在路上。有时你感觉很遥远，有时你感觉近在咫尺，好像一伸手即可摸到，可你永远无法摸到。光仿佛就是你的最好，可惜你需要光的指引就要让光在你的前面。光与影子正好一前一后，不离不弃，光证明我们身体的存在。每一次发生都是唯一，每一次发现都是绝版。所以，抓住当下，做到极致；享受当下，做到精彩。不要幻想未来更美好，因为美好来临之时，你已经不再是从前，遗憾却摆在面前。好多事，做就做了，只要你内心纯洁，伦理有时都是此一时彼一时的。行为真实，将对社会及他人的伤害降到极低的状态，岁月自然会给你的回忆披上美好的面纱。

教师坚守教育的三个公式："敬业+专业=事业；科学精神+人文精神=文化精神；身体体验+心灵灵感=身心健康"。

财富源于逆境。

孤　独

认识一个人，在逆境中方能看得清楚。小人的纠缠，有一种说法叫层次说，嫉妒走向伤心，伤心走向失落，层次是不断提升的，纠缠总会在一个地点、一个层次。

但凡受伤的人，要么无能，要么有才。无能之人不勤奋，有才之人不屈服。人与人总会有争斗，有争斗就会有行动上的区分。无能之人勤奋要看他的方向是否对路，否则就成了帮倒忙；有才之人屈服则喜忧参半，具体视其环境诸因素的发展态势而定。恰恰是处在中间的人不易受伤，所以我们不要落后，也要谨慎前行，毕竟大部分人皆平凡。现实如此，不必报怨，倘若义无反顾地前行，就要做好孤独的准备。

教师的危机一是不读书，阅读是再学习；二是不创造，课程是再构造；三是不主动，价值是再出发。一个人的气质决定于所走过的路、读过的书、爱过的人、做过的事，底色取决于善良的心。我看教育现状，一是亚健康的状态，二是彷徨的心态，三是名利权的态势。教师为了躲避孤独选择了繁华，其实是一种悲哀，有违于教育的初衷。心理学的本质是孤独问题。

孤单与孤独的关系既十分微妙又不可混为一谈，或许是先后问题、时间问题，抑或是生活方式问题。老龄化社会，尊重孤独，社会才会更美好，从建筑、历史、文化、饮食等诸方面寻求孤独的存在。时间与孤独相伴，让岁月的符号历久弥新。年轮改变的是圈数，过去的却不曾更改，曾经有轮回依然清晰。记忆是人生幸福的符号，也是社会的存在象征，保存好记忆就是为了让灵魂找到回家的路。孤独是死亡的存在，死亡是孤独的意义。从生看死，不经历孤独，不理解死亡。从死看生，经历孤独，明白生存。如昙花，如流星，突然，忽然，然后走向孤独。

孤独是空，一个灵魂的舞者，一天到晚，自由自在。繁忙是满，

一个肉体的累者，一天到晚，身不由己。不孤独，不生长；不成长，不人生。人生经历孤独的三个拐点：一是青年生理需求诱发孤独，二是中年智力需求诱发孤独，三是老年心理需求诱发孤独。孤独是遗传与变异的存在，二者的合力影响了人生的选择与方向。教师也是人，自然会忙于事业、爱情与家庭，处理三者之间的关系常常陷入纠结的境地。对于家庭要以点带面，将个人的学科思想融入家庭的生活情境，寻求学科与生活的艺术性，时常制造惊喜，产生和谐，同时开发自己的生活课程；对于事业要精于用心，走入学生的世界，与学生共成长，以青春伴青春；对于爱情要走出围城。

人生就是一次次完成，并非一次次开始。思想犹如闪电，愿望在那一次次闪光中实现。

醒时最醉，醉时最醒，是谓苍凉。

匆匆过后是忙忙。

匆 忙

整理，是人生的检修。评、说、聊、谈，一个人的表达实质是一种情感的宣泄。

酒与茶。酒在不忙中，醉了、睡了，时间过了。茶在不忘中，醒了、明了，时间仍在。实际上，反了。酒在忙中，茶在忘中，快餐文化，没有思考，好酒好茶成就了坏胃坏心。

人生享受的是当下，解决好当下的问题才能有美好的未来。纵使当下不如意，可能走些弯路，但绝不能伤害。如果努力做到不伤害，问题迟早会出现的，这时候，等待也可能是不错的选择。

所有的忙都是破坏了"速度—欲望—美"的系统。物化时代，价值观的执着导致速度的追求过分。利益成为首要选择，自然的平衡就会倾斜。古代的屈原以香草、美人比喻正义的力量、国家的愿景。爱有好多种，如今的爱狭隘到只能对老婆说。爱一个人要爱全部，问题马上就出现了。父母到底由谁来负责？传统的观念是家中男子尽主要抚养责任，如今如何实施？面对最亲近的人，缺点如何纠正？你明知道对方做的事偏离了生活的主轨道，可由于偏见，对方就认为你针对其缺点大做文章，所以坚持己见，生活如何继续？或许我们认为至爱无对错，矛盾有隐性和显性之分，还是回避为上策，可是父母的行为必然导致对子女的传染，也会影响到投资等家庭事宜。

教育的物化，表现为活动堆砌、情感植入、知识碎化。诱惑无所不在，让人无处安静，修行都没个地方。

前半生，爱与热情支持生活；后半生，情与智慧支持生活。

正视灵魂，就是敢谈孤独，敢谈性情，压抑灵魂主要表现在心灵的孤独与身体的性情。西方哲学强调对个体的尊重，东方哲学强调共体的价值，所以西方人承认孤独，东方人倡导性情。但是，在人生的不同阶段，取舍要掌握不同的尺度。社会也应提供空间，让人回归自然，回到对自己正确的认知。

人不过是承前启后而已。

历史的回响　青春的奏鸣

——纪念"一二·九运动"课程方案

课程安排

2018年12月8日　星期六下午

一、观看视频——了解史实

二、解读历史——教师介绍

三、面向未来——演讲朗诵

每个学习场出两名学生代表，每人演讲3分钟。语文教师负责文稿及学生安排。

主题：历史的回响　青春的奏鸣

四、长跑接力——激扬青春

运动场长跑接力赛，每个学习场12名男生与9名女生组队，寓意"12.9"，先男后女接力，每人一圈。

运动简介

一二·九运动又称为一二·九抗日救亡运动。1935年12月9日，北平(北京)大中学生数千人举行了抗日救国示威游行，反对华北自治，反抗日本帝国主义，要求保全中国领土的完整，掀起全国抗日救国新高潮。12月12日，北平学生举行第5次示威游行，高呼"援助绥远抗战""各党派联合起来"等口号。这是中国共产党领导的一次大规模学生爱国运动。

在"冀察政务委员会"计划成立的12月16日，北平学生和各界群众1万余人又举行示威游行，迫使"冀察政务委员会"延期成立。之后，天津学生又组成南下扩大宣传团，深入人民中间宣

传抗日救国。杭州、广州、武汉、天津、南京、上海等地相继举行游行示威。北平学生的爱国行动，得到了全国学生的响应和全国人民的支持，形成了全国人民抗日民主运动的新高潮，推动了抗日民族统一战线的建立。

一二·九运动公开揭露了日本帝国主义侵略中国，并吞华北的阴谋，打击了国民党政府的妥协投降政策，大大地促进了中国人民的觉醒。它配合了红军北上抗日，促进了国内和平和对日抗战。它标志着中国人民抗日民主运动新高潮的来到。

正如毛泽东同志所指出的，一二·九运动"是抗战动员的运动，是准备思想和干部的运动，是动员全民族的运动""有着重大的历史意义"。

艺术课程设计

1.德育。关注心灵。榜样、静心课、心课程、文化陶冶、讲座交流、国学精粹、故事。

2.智育。关注学科。九大学科的核心素养。

3.体育。关注实践。体育活动、竞赛、主题、劳动、规范。

4.美育。关注鉴赏。视频、阅读、科普。

5.劳育。关注艺术。书法、素描、音乐、篆刻、剧作（四大名著）、棋艺。

四大名著：四个学习场各选一个主题尝试剧作。

A.《三国演义》——赤壁之战

B.《西游记》——齐天大圣

C.《水浒传》——梁山好汉

D.《红楼梦》——大观园

记忆大会：将各学科记忆知识汇总，通过闯关形式，开展记忆性知识的学习。

岁月如影随形。

好 运

一年的日历，一天天撕去。一年是有厚度的，渐渐的，清晰可见地发现，少了，少了。每一天将事情记下，生活就成了清单。在匆匆的时光里，一撕，一撕，一天，一天，我们看见时光的脚步，有时，很后怕，想到黄土埋到哪里了？空气变得急促起来，于是赶紧告诉自己，做点有意义的事，别不知道自己在干什么。

发现身影，映照灵魂。活着是一种存在，最好的存在不是强求自己在空间的出现，而是在五光十色的世界中发现自己的身影，映照自己的灵魂，发现不了自己的身影就迷失了自己的灵魂。虽然影子一直都在，而大多数人忽略了它的存在。

生涯犹如运气，一生中不断地经历各种遭遇，活着就是一口气。人在行走中的气场就是个人的魅力范围。好比登山，拾阶而上，不断地抬头，峰回路转之时，往往有亭子位于佳处，人因亭而停，停字的意义再明显不过。人在亭中，风景因视野而呈现，人因境界而不同。

生活犹如运算，总要找到公式，总要依据法则，总要合理运用定律，有时不断地加括号、去括号。运算总要遵循顺序，追问一个答案。

生命犹如运动，人是在奔跑中长大的，呼吸世界的味道，思

考世间的存在。在运动中投入训练，在愉悦中感受快乐，在状态中感受健康。球场上的奔跑，水中的呼吸，智力的思考，不同的运动让我们找到生存的方式。

运气、运算、运动，永远离不开路，人生的路就是变化中的轨迹，每个人心中都有一份祝福——一路好运！

践行专业与操守。

融 合

深度融合的原理就是场的概念解析。人生的意义与价值就是人与场的关系。人场关系是人中有场，场中有人。人生当有所为，为者，深度融合之意的本质是和谐。教师与学校，正是深度融合之典范，简言之，人中有校，校中有人。何谓人中有校？何谓校中有人？聚焦尽在行、品、知。品即独立之精神，知即自由之思想，行即创新之行动，三位一体，完整的事业塑造完美的人生。人校深度融合，境界由此产生，人生因此无憾。

学校哲学的尝试就是场的内涵探究。时间、地点、次序、引力成就了场的哲学。从学生出发，构建教育场；从学科出发，构建教研场；从学习出发，构建学习场。场有路线图：从个人的角度看，苏轼的人生轨迹遍布全国各地，可谓跌宕起伏，每一次行走，都是对人生的挑战。从国家的角度看，长征的路线图串起大半个中国，可谓波澜壮阔，改变了国家的走向，创造了中国历史。从世界的角度看，丝绸之路穿越古今，横贯世界，可谓源远流长，影响了世界的命运，创造了中国神话。

有一种修养叫尊重。

尊　重

尊重是尊敬、重视,将对方视为比自己地位高而必须重视的心态及其言行,现在逐渐引申为平等相待的心态及其言行。尊重是一种高尚的美德,是个人内在修养的外在表现,是一种文明的社交方式。因为尊重,生活就会多一分和谐,多一分快乐。尊重是互相的,想要得到尊重必须先给予别人尊重,这本身就是尊重。尊重是内心的表现,源于内心,发自真心。

尊重自己。

1.注意自己形象。不抱怨,不气馁,自信、阳光、乐观、热情。

2.加强自身修养。言行一致,信守承诺,终生学习,健康生活。

3.参与家庭担当。关爱家人,陪伴家人,为家庭承担力所能及的劳动。

4.创造事业责任。搏击时空,珍惜青春,乐于奉献,分享合作。

尊重他人。

1.欣赏他人。寸有所长,尺有所短,关注他人优点,不嫉妒他人优点,学习他人优点。

2.原谅他人。人与人总会有差别,不要一把尺子衡量所有人,允许他人犯错误。

3.礼让他人。尊老爱幼,礼让为先,有规则意识,有等待心情。

4.理解他人。善于站在他人的角度，感同身受，推己及人。

尊重世界。

1.敬畏自然。人与自然的和谐是人类发展的必然条件。道法自然，失去对自然的尊重，人类也就失去了家园。

2.理解文明。世界由于民族、种族的不同，更由于不同的文明产生不同的价值观，环境的不同产生不同的风俗习惯，差异不可避免，求同存异，合作共赢成为发展主题。

3.遵守规则。无规矩不成方圆。有规则、有秩序，社会才能进入良性循环。

4.创造价值。作为世界公民，每个人都有义务为社会的发展尽职尽责。

尊重劳动、尊重知识、尊重人才、尊重创造是中国共产党治国理政的一项重大方针。2002年11月中共十六大报告第一次系统提出，尊重劳动是基础和根本。劳动是人类最基本和最重要的社会实践，是人类社会生存和发展的根本前提。劳动创造了世界，甚至创造了人类本身。尊重知识、尊重人才、尊重创造，与尊重劳动具有内在的、本质上的一致性，是尊重劳动的必然要求，尤其是现代社会劳动的必然要求。劳动贵在创造，没有创造，劳动只能是简单的重复。创造也离不开劳动，没有劳动，创造就只能是纸上谈兵。尊重劳动和尊重创造，离不开尊重知识和尊重人才。《中共中央关于加强党的执政能力建设的决定》中指出：全面贯彻尊重劳动、尊重知识、尊重人才、尊重创造的方针，不断增强全社会的创造活力。这对引领社会风尚的主流价值导向，进一步

领导和团结全国各族人民，调动一切积极因素，全面建成小康社会，构建社会主义和谐社会，具有极为重大的意义。

走在学习的路上，尊重是学习者的特质。学习从尊重时间，尊重选择，尊重他人，尊重历史，尊重文化入手。时间是检验学习的标尺，选择是参与学习的方式，他人为合作学习提供帮助，历史是拓展学习的镜子，文化是深度学习的宝藏。每个人都有一把标尺，以自己的目标定位自己的选择，寻求各方面的帮助，在茫茫人海中发现自己的存在，探寻自己生命里的宝藏之所，寻找所谓的财富与幸福。

时代在发展，信息在加速，人与人之间的沟通呈现多元化、个性化、时空化的特点。矛盾随时会产生，碰撞在所难免，唯有以海纳百川、虚怀若谷的胸怀取长补短、互相帮助，事业才能走上发展的道路。每个人都渴望表达、证明、发挥，前提是从倾听、学习、奉献开始，这是尊重的原则。不尊重意味着伤害，尊重意味着愉快；不尊重就没有合作的开始，尊重才有继续的可能。不尊重者一时侥幸，尊重者一生受敬。尊重是人格的分水岭，世间一切矛盾，绝大多数是因为不尊重而引起的。

尊重是有心人的品质。有心，处处表现真实；无心，处处表现虚伪。

原谅就是放下。

一帆风顺

送一句人生的祝福语：一帆风顺。寓意多多，且容我慢慢道来。

第一层含义："长风破浪会有时,直挂云帆济沧海。"这是理想层面。谈及理想,理想意味着什么?长风破浪免不了遇到困难,机遇与挑战总在天道酬勤的奋斗中,每个人都要为成功做准备,为了信念不忘追求。

第二层含义："潮平两岸阔,风正一帆悬。"这是行动层面。从正面落实,平、阔说明占据地利,正说明天时;从反面剖析,平与阔说明安逸的现状,谁能忍弃?一帆又说明孤独的未来,无论如何,想要实现理想,必须行动起来——"悬"。

第三层含义："孤帆远影碧空尽,唯见长江天际流。"这是意志层面。既然选择了出发,未来就要靠坚强维持自己的脚步。世界一片苍茫,伴随前行的,唯有浪花一朵朵,其中滋味几人懂?寻寻觅觅,反反复复,走向人生的深处。

第二部分：品——境界

天下至诚,人生三视。

万水千山总是情

当年电视剧《万水千山总是情》主题曲《万水千山总是情》唱出了中华传统文化之中的山水知音——莫说青山多障碍,风也急风也劲,白云过山峰也可传情。莫说水中多变幻,水也清水也静,柔情似水爱共永。未怕罡风吹散了热爱,万水千山总是情,聚散也有天注定,不怨天不怨命,但求有山水共作证。

山水文化是中华文化的摇篮,东方艺术源于山水。历代文人寄情山水,千古佳作,绝唱天下。

不妨从诗词中寻找山水之情。

卜算子·送鲍浩然之浙东

宋　王观

水是眼波横，山是眉峰聚。欲问行人去那边？眉眼盈盈处。

才始送春归，又送君归去。若到江南赶上春，千万和春住。

江山如美人，水比作闪亮的眼睛，山喻为青翠的蛾眉，江山如此灵秀，友人即将离别，送别千万种，此之谓目送，山含情，水含笑，友谊最珍贵。送别自然免不了一个愁字，友人将祝福借春天的脚步送达，深情寄托在无限的春光里。寄情山水，冰心玉壶。山水见证友情。

卜算子·我住长江头

宋　李之仪

我住长江头，君住长江尾。日日思君不见君，共饮长江水。

此水几时休，此恨何时已。只愿君心似我心，定不负相思意。

恋人思念，天高地远水长，共饮一水是情思，水流不息是情怨。思念穿越时空，借一江之水传情，令人仿佛看到了恋人的思念犹如滔滔江水激起的水花，阵阵涟漪，情思绵绵。寄情山水，深意悠长。山水见证爱情。

离思·曾经沧海难为水

唐　元稹

曾经沧海难为水，除却巫山不是云。

取次花丛懒回顾，半缘修道半缘君。

《孟子·尽心篇》曰："观于海者难为水，游于圣人之门者

难为言。"寄情于水,沧海悲壮,寓意爱情深厚。宋玉《高唐赋》曰:"妾在巫山之阳,高丘之阻,旦为朝云,暮为行雨。朝朝暮暮,阳台之下。"寄情于山,云雨为神女所化,巫山凄美。山水见证亲情。

饮湖上初晴后雨

北宋　苏轼

水光潋滟晴方好,山色空濛雨亦奇。

欲把西湖比西子,淡妆浓抹总相宜。

上有天堂,下有苏杭。杭州西湖,天下闻名。晴时看水潋滟好,雨时看山空濛奇,西湖之美,山水相映。晴与雨好似美人的脸,由自然之美联想到美人之美,如此神似,让人陶醉。寄情山水,心旷神怡。山水是美的化身。

临江仙·滚滚长江东逝水

明　杨慎

滚滚长江东逝水,浪花淘尽英雄。是非成败转头空。

青山依旧在,几度夕阳红。

白发渔樵江渚上,惯看秋月春风。一壶浊酒喜相逢。

古今多少事,都付笑谈中。

滚滚江水滚滚红尘,多少英雄多少成败,历史总是无情,唯有青山仍旧作证。山水承载了无数个故事。人只有跳出世俗的争夺,不计较是是非非,与自然融为一体,往事自然随风而去。当此时,人也同山水一样,见证历史的变迁而坦然笑傲江湖。寄情山水,豪迈悲凉,淡泊超脱。山水是历史的见证者。

山水寄情佳作远不止于诗词，散文名篇《兰亭序》堪称绝唱。

兰亭序

晋　王羲之

永和九年，岁在癸丑，暮春之初，会于会稽山阴之兰亭，修禊事也。群贤毕至，少长咸集。此地有崇山峻岭，茂林修竹；又有清流激湍，映带左右。引以为流觞曲水，列坐其次。虽无丝竹管弦之盛，一觞一咏，亦足以畅叙幽情。

是日也，天朗气清，惠风和畅。仰观宇宙之大，俯察品类之盛，所以游目骋怀，足以极视听之娱，信可乐也。

夫人之相与，俯仰一世。或取诸怀抱，悟言一室之内；或因寄所托，放浪形骸之外。虽趣舍万殊，静躁不同，当其欣于所遇，暂得于己，快然自足，不知老之将至。及其所之既倦，情随事迁，感慨系之矣。向之所欣，俯仰之间，已为陈迹，犹不能不以之兴怀。况修短随化，终期于尽。古人云："死生亦大矣！"岂不痛哉！

每览昔人兴感之由，若合一契，未尝不临文嗟悼，不能喻之于怀。固知一死生为虚诞，齐彭殇为妄作。后之视今，亦犹今之视昔，悲夫！故列叙时人，录其所述。虽世殊事异，所以兴怀，其致一也。后之览者，亦将有感于斯文。

东晋穆帝永和九年（353）三月三日，王羲之与谢安等四十一位军政高官，在山阴（今浙江绍兴）兰亭"修禊"，饮酒赋诗，王羲之为其序文手稿。《兰亭序》融兰亭山水之美与聚会感慨之情于

一文，抒发作者对于生死无常的感慨。金圣叹《天下才子必读书》卷九："此文一意反复生死之事甚疾，现前好景可念，更不许顺口说有妙理妙语，真古今第一情种也。"

读万卷书，行万里路，纵情山水方知书中要义。山水陶冶人，山水滋养人，山水寄居人，天人合一，山水相伴，万水千山总是情，一人一事总关情。

道与理，分分合合。

众生与慎独

众生，即众缘和合而生起的现象。无论是物质现象抑或是精神现象，皆是众缘和合而生，都有灵性，或执着或执迷，皆为有情，有情表示一切拥有命根的生命。众生是热情的力量。人，或勤奋或喜爱，或忙或累，共生之中表现为群体约束力。人类改变了地球的加速度，生态随之改变。将集体的意志绑架在个体之上，价值观为社会服务。所以，人们喜爱热闹，不怕喧嚣，一旦沉静下来，无所适从，自然也就迷失了自己。因为原来也不曾拥有自我，只不过一直未发现而已，唯有此时终于发现，精神的支柱不知到哪里去寻找。忙的后果，身心疲惫，更可怕的是思考力的严重下降。集体主义容易培养更多的顺从的劳动者，奔波忙碌，随波逐流，从而产生大众效应。每个人被推着前进，身不由己，无暇思考自己的人生，生活的数量可能很可观，但质量却不一定优质。所以，众生的内涵主要表现为两个方面：一方面如何使"众生"，这是领导力的哲学，愿普度众生；另一方面如何"众生"，这是自我实现的哲学，愿众生普度。

《大学》出现"慎独"一词："所谓诚其意者，毋自欺也。如恶恶臭，如好好色，此之谓自谦。故君子必慎其独也。"所谓使自己的意念诚实，就是说不要自己欺骗自己。就如同厌恶污秽的气味那样(不要欺骗自己)，就如同喜爱美丽的女子那样（不要欺骗自己），这就是自己感到心安理得。所以君子一定要在独处的时候保持谨慎的态度。《中庸》："道也者不可须臾离也，可离非道也。是故君子戒慎乎其所不睹，恐惧乎其所不闻。莫见乎隐，莫显乎微，故君子慎其独也。"驾驭本性的道时刻不能离开。那些可以离开的束缚，都不能称之为道。因此，君子会因为担心有自己看不到的地方而更加严谨，会因为担心有自己听不到的地方而更加小心。没有比在那些不易察觉的地方更能表现出君子人格的，也没有比细微之处更能显示君子风范的。所以，君子是要严肃地面对自己的。

慎独，智慧的力量。慎独是慎重承担自己具有独立性的生命，或者说是谨慎面对自己生命本质上具有独立的事实。世间的事情往往就是这样，当人们过分关注外在的形式，内心的真情反而无法自然表达。关注内心的真情谓之独。独指内心的意志、意念。从眼前的人放眼到古今中外的其他人，从眼前的事放眼到对生命真谛的思考，从眼前的物放眼到对人生意义的价值构造。从眼前的局限中放眼大宇宙、大视野、大人生，持续地感悟与思考，将思考落实到行动，去伪存真，割裂名利权时代带给个体的浮华与束缚，让人回到自然的状态，问心无愧就是真实的人生。

人生的两端，一端是勤奋，一端是智慧。人们往往奔波于勤

奋之中,可能勤奋能够及时地将眼前的事物抓住。智慧却需要等待,需要培育。勤奋可能带来一时一处的风光,但不一定经得起岁月的考验,所以容易失落。同样智慧的选择由于漫长的求索,前行的路免不了孤独。越是智慧,越是少数,往往越是孤独。人类在众与寡之间行走,一边是众生,一边是慎独,由外及内,由内及外,在挣扎与努力中刻录生命的年轮。

从古到今话家训。

哈佛家训

哈佛大学是有着近400年历史的知识殿堂,是名校中的名校。多少学子梦寐以求,渴望在这里追求知识、理想、成功。哈佛大学先后培养了7位总统,34位诺贝尔奖获得者,数以百计的世界级财富精英。这些杰出的人物,曾经对美国和世界产生了巨大的影响。威廉·贝纳德所著励志经典《哈佛家训》中的每个故事,都具有丰富的教育功能和深刻的生活意义,不仅可以激发青少年对社会、对人生进行多角度的思考,还可以点燃他们内心深处的智慧火花,使他们见微知著,从一滴水看见大海,由一缕阳光洞见整个宇宙。

行

信念是永不枯竭的力量源泉。一个人投身于时代洪流,生命因为不断地奔跑而闪光。生命最可贵的在于过程,不是结果,漫长的是过程,短暂的是结果,在过程中前行,信念是行走的长度。信念让一个人活出自己希望的模样。信念的内涵丰富,有爱,有智慧,也有渴望。信念的最大坚持就是时空的超越。信念总会

与奇迹相伴，信念总会与生命相伴。信念意味着不放弃，往往与勇气同行，勇气是敢为人先的精神。行动是梦想的车轮，梦想是信念的花朵，行动是信念的果实。

惜时是生命长存的秘密。生命是由时间组成的，时间是最宝贵的。每个人对待时间的态度与方法决定了生命的长短意义。在相对的时间里，积累时间、珍惜时间、利用时间的人活出了生命的精彩。在绝对的时间里，人类将短暂化为永恒，将有限做成无限。一生在追求财富的增加，时间在逐渐减少。什么是真正的幸福？时间是最好的参照系。

尊重是人格魅力的基石。己所不欲勿施于人。每个人都渴望得到承认，尊重是人与人和谐相处的基本准则。不尊重意味着没有尊严。自尊、自知、自制引导生命进入崇高的境界。

品

心态是降于心田的甘霖。乐观的时候，快乐与幸福匆匆忙忙；悲观的时候，忧愁与孤独静悄悄。心态的稳定与烦恼相关。面对生活中的不同境遇，允许失败。凡事不必苛求，从失败中找到出路。困难所在一定暗藏希望，善于借力，将环境的影响考虑到问题解决的过程中，时时擦拭心里的尘埃。悲伤也是状态，微笑也是状态，选择什么样的活法，掌控什么样的命运，往往在人生中最关键的几个转弯处。平平淡淡是常态，每一次难与易都是对人生的考验。超越了转弯，人生就看到了前途，自由从此属于自己。

善良是体悟人生的美感。做善良的人，不去伤害。做聆听的

人，不去妄谈。凡事讲究技巧，凡事吸取教训。送人玫瑰，手有余香。每个人都不是完美的，尊重不完美才有完美的品性。宽容是海纳百川的胸怀。犯错是人性，宽恕是神性。原谅别人的过错，给别人一次改过的机会。有时候宽容比惩罚更容易产生道德上的强烈震撼。善良是带给彼此的阳光。

感恩是心灵感动的瞬间。亲情、友情、爱情是生命中富贵的财富，滴水之恩当涌泉相报。感恩点燃了精神之光，快乐随之而来，烦恼随之走开。一个懂得感恩的人，行动充满友爱。感恩有三种形式：藏在心里，说在嘴上，见于行动。感恩是浇灌生命的清泉。心怀感激，心有感动，生活会呈现给你希望的样子。感恩存在，感情相伴。

知

真理是人生进步的基石。人类走在历史的轨迹之上，与时代同步，不要重蹈覆辙，指引人类前行的灯塔就是对真理的向往。人的精力是有限的，追求真理既要专心致志，也要持之以恒，更要不断觉悟。

思考是走向成功的捷径。思考让人们从表象中进入到深刻的内涵世界。人类的思考离不开生存与意义。如果把人生倒过来思考，许多路可以重新选择；如果把人生换一种方式，许多事可以重新尝试。境由心生，如果事情早一些看透，如果人们早一些理解，人生会少多少错过与遗憾。思考人生，自然绕不开红尘中的名、利、权。思考的世界一定是古今中外知识的融会贯通与人物的望闻问切。

智慧是照亮人生的灵光，智慧是提升能力的锦囊。世界万事万物都是相互联系的，从联系中发现规律就是智慧的创造。思维是开启智慧的钥匙。错误的思想迟早会带来错误的行为，没有思想的忙碌往往是徒劳的人生。

《哈佛家训》出自家训，精华却是哈佛精神的凝聚，从古到今，从家到国，再到世界，我们读出了人生。

世界是一家，同理，人生是一训，以此共勉。

专心致志。

学习要发扬钉子精神

桂林山水甲天下，美丽的风景，心向往之。1994年韩晓首唱《我想去桂林》，歌词写道："我想去桂林呀我想去桂林，可是有时间的时候我却没有钱；我想去桂林呀我想去桂林，可是有了钱的时候我却没时间……"人们在生活中忙碌，身不由己，想做点自己喜欢的事，纠结于时间与金钱，或者其他限制因素，往往流于想法，造成遗憾。其实每一个人都如此，想活出自己，就需要勇气和创新。我教学多年，每每遇到重要的知识点或关键处，总喜欢画一个圈，中间用左右斜线交叉成网形，看起来就像钉子的纹络，我想表达一个信息——像钉子一样将记忆与理解深刻地反映到自己的大脑，也即发扬钉子精神。

钉子精神即雷锋钉子精神。雷锋在日记中写道："要学习的时间是有的，问题是我们善不善于挤，愿不愿意钻。一块好好的木板，上面一个眼儿也没有，但钉子为什么能钉进去呢？这就是靠压力硬挤进去的，硬钻进去的。由此看来，钉子有两个好处：

一个是挤劲，一个是钻劲，我们在学习上，也要提倡这种钉子精神，善于挤和善于钻。"这就是人们广为称道的雷锋刻苦学习的钉子精神。

时间对任何人来说都是公正、平等的，只是每个人在利用上有所不同。善于科学利用时间就是将有限做到无限，将短暂化成永恒。从积极的角度讲，做自己最应该做的事；从消极的角度分析，不要将自己消耗在忧愁、烦恼、犹豫和彷徨中。时间是有形的，直观地体现在我们的行动上；时间是无形的，你看不见，稍不注意，匆匆溜走，岁月无痕。时间是有情感的，在人的生命中有太多的记忆融入时间，或温暖，或感恩，或爱，让人久久难忘；时间是无情感的，不管每个人如何追求延长或缩短，时间总是沉默，不快也不慢，无恨也无爱，无赏也无罚，如流水一般，逝者如斯，不舍昼夜。

在同样的时间里，我们扎根生活，钉子是物质工具也是精神力量。

学习钉子精神，就是要明确努力方向。钉子的位置决定钉子的作用，有些地方适合，有些地方不适合，有些地方只有锤打之后才能发现适合与否。只要是适合的，就要一钉到底，不适合的就要重新选择位置或者另换钉子。学习也如此，既然学，就要有方向。

学习钉子精神，就是要发挥存在作用。谁都知晓钉子的作用，固定坐标，建构形体，为人类服务。小小的钉子，存在总在关键处，或一个或数个，无声却有痕。学习也如此，既然学，就要有

效果。

学习钉子精神，就是要发扬奉献精神。钉子固定，可能就是无尽的岁月，哪怕生锈，也默默无闻。学习也如此，不学就会生锈，因此，学而时习之，耐得住寂寞，忍得住孤独，才能豁然开朗，才能恍然大悟。钉子的存在就是深藏不露，学问也一样，深入研究方得深刻。做人也一样，韬光养晦，厚德载物。爱情也如此，每每记下钉子的图案，我就想到恋爱时送给老婆的一封信，心的图案之上画上丘比特的箭尾，不见箭的前半部分，寓意爱之深。

学习钉子精神，就是要尝试探究深度。学习不是肤浅的过程，规律需要深度挖掘，奥秘需要主动探索。

钉钉子用锤子，锤子的作用不可小觑，多大的钉子用多大的锤子。钉时的节奏也有讲究。拔河时口号特别关键，将有限的力量集中起来，合力才能显现威力。划龙舟也如此，船桨协调一致才能提升速度。因此，学习钉子精神的同时更要学习钉钉子精神。

"钉钉子精神"的科学内涵就是干事业操守的科学工作作风和方法论。干事业的态度要端正，将实效落实到位。干事业的方法要正确，落实要准，以点带面，推动全局。落实要新，结合实际，因地制宜。落实要稳，锲而不舍，持之以恒。干事业的意志要坚定，容易的事谁都能成功，平常又平凡；困难的事才能看出人在危难之时的智慧与担当，成功才成就伟大。干事业的境界要高远，一山更比一山高，山高人为峰。事业如此，学问也如此。

雷锋概括的真好，一个是挤劲，一个是钻劲。"钉子精神"与

"钉钉子精神"很好地诠释了这两个劲。

教师引导学生学习，传道、授业、解惑，由教到学，由学会到会学，由知识迁移到能力，由能力拓展到价值，学习过程就是"钉子精神"与"钉钉子精神"的传承。明确传承的要义。如果我们将学习置于"钉子精神"与"钉钉子精神"的作用之下用心用力付诸行动，学习一定事半功倍。果真如此，教师将科学精神与人文精神或发扬或传承，示范给学生，学生学会了学习，终生走在学习的道路上，未来一定光明。每一届学生学会了学习，我都会欣慰地给学生读一段小诗："轻轻的我走了，正如我轻轻的来，我轻轻地挥一挥衣袖，不带走一根粉笔……"

空谈误国，实干兴邦，将有生之年做成今生的自豪，为过往祭奠岁月的洗礼，为来生做一张入场券。一颗颗钉子，总让我想起毅力和坚持，对自己严格就是对自己狠一点，遇到困难，不妨想一想钉子。

学习不是为了考试，但是学习一定离不开考试，考试是为了更好地学习。对待考试强调三点：一是总结与反思，二是改错与修正，三是信念与行动。

每一次考试都是一次检验，告诉我们学习的效果。

每一次考试都是一次证明，告诉我们过往的勤奋。

每一次考试都是一次结束，告诉我们岁月的曾经。

每一次考试都是一次开始，告诉我们未来的愿景。

每一次考试都是一次提醒，告诉我们生命的珍贵。

每一次考试都是一次召唤，告诉我们人生的期盼。

拿出敢于碰钉子的精神,让学习为人生奠基。

人生,努力,什么时候都不晚,越早越少走弯路,人生也更有意义。

亲爱的,每次考试之后,我总会想到钉子精神,与君共勉,那么,你呢?

教学要发扬工匠精神

如何做教育?我们的做法是欲先感动人要先感动自己。

——题记

工匠精神,是指工匠对自己的产品精雕细琢、精益求精,是更完美的精神理念。工匠们不断雕琢自己的产品,不断改善自己的工艺,享受着产品在双手中升华的过程。工匠精神的目标是打造本行业最优质的产品,卓越无止境。概括起来,工匠精神就是追求卓越的创造精神、精益求精的品质精神、用户至上的服务精神。

当今社会心浮气躁,追求投资少、周期短、见效快带来的即时利益,从而忽略了产品的品质灵魂。因此企业更需要工匠精神,工匠精神可使企业在长期的竞争中获得成功。坚持工匠精神,依靠信念、信仰,不断改进产品,不断完善产品,将岁月的雕琢体现在产品的品质上,将匠人的创造体现在产品的艺术上,追求产品的卓越就是精神的升华。

工匠精神的精神内涵主要有五点:一是精益求精。注重细节,追求完美和极致,不惜花费时间和精力,孜孜不倦,反复改进产品,追求极致。二是一丝不苟。确保每个部件的质量,对产

品采取严格的检测标准。三是永无止境。不断提升产品和服务，因为真正的工匠在专业领域上绝对不会停止追求进步。四是崇尚卓越。工匠精神的目标是打造本行业最优质的产品。五是返璞归真。淡泊名利，用心做一件事情，秉承热爱，源于灵魂。讲究精神传承，讲究经验积累。"一切手工技艺，皆由口传心授""玉不琢，不成器"。传授手艺的同时，也传递了耐心、专注、坚持、笃定的精神，这是一切手工匠人所必须具备的特质。现代大工业的组织制度与操作流程无法承载人与人的情感交流和行为感染。工匠精神的传承，依靠言传身教自然传承，无法以文字记录，无法以程序指引，体现了旧时代师徒制度与家族传承的历史价值。精神传承，超越了时空，真正体现的是心与心的沟通，人与人的传承。工匠精神落在个人层面，就是认真精神、敬业精神。核心是心怀职业敬畏，对工作执着、对产品负责的态度，极度注重细节，不断追求完美和极致，给客户无可挑剔的体验。将一丝不苟、精益求精的工匠精神融入每一个环节，制作出打动人心的一流产品。工匠精神落在企业家层面，就是企业家精神。创新、敬业、执着是企业家精神的底色。

学校是文化的家园，学习要发扬钉子精神，教学要发扬工匠精神。

教学中发扬工匠精神，教育走向高尚。

一是学习工匠的真，化教育为创造，超越时空，穿越历史，因地制宜，因材施教。

二是学习工匠的善，化教育为文化，审时度势，突破自我，问

鼎古今，叩问心灵。

三是学习工匠的美，化教育为艺术，回归生活，返璞归真，宁静致远，淡泊名利。

工匠精神，追求为人为学的灵魂寻找。

工匠精神，追求物我合一的境界存在。

工匠精神，追求生活之上的岁月坚守。

生已哭，死当笑。红尘滚滚，尘世去尘。

灵　魂

随想随记，思想在岁月中积淀，渐渐的，一个人就成了思想者。

人说"事如春梦了无痕"，我说"岁月无声却有痕"。践行个人教育哲学理念——"看得见的时光"。将人生驶向心中的桃花源，不为别的，只为情怀。

心若在，什么都是教育！心不在，什么都不是教育！心何以在？心何以不在？——力而已！

感谢生命中的每一次遇见，珍惜生命中的每一次陪伴。

遇见是缘，陪伴是分。对于一个优秀的人，你只要给他时间，在时间的自由中创造点点滴滴的惊喜，缘分就是生活中的每一个惊喜与感动。

字里行间，书里书外，一切都是缘分！

一路走来，学习是生命的主题，学习给了我生命。

学习，古今中外，不一而论。人出生就伴随学习，学习理念与实践随着时间的推移，不断被一代代人传承创新，无论每个人学

或不学，学习系统相关知识始终存在。人，生而始学，学习过程相当于为每个人配置了一套学习系统并逐步完善修复的过程，硬件与软件并存。学习系统犹如一个人驾驶一辆汽车在时空的轨道上完成课程的优化。学力决定于车力，动力系统好比学业成绩；学养决定于车身，配置标准好比身心素养；学效决定于车轮，轮胎性能好比行为品质；学趣决定于车载，负荷装备好比审美素养。学习成绩、身心素养、行为品质、审美素养共同影响教育质量。为了追求学业的完美，人车合一的境界就是驾驶的最高境界。为此，从八个方面追求卓越：一是天气状况，此谓天时。二是道路状况，此谓地利。三是人车状况，车要加油，检查轮胎，检查刹车；人要解决饮食，准备证件与财物，考虑身体休息情况，此谓人和。四是目标实现，时刻辨别方向，保持车与车之间的小距离，关注相对目的地的大距离，此谓目标意识。五是交通规则，严格按限速标志、提醒标志行驶，此谓规则意识。六是杜绝酒驾，喝酒不开车，开车不喝酒，此谓法律意识。七是礼让行人，体现尊重，人祸就是悲剧，此谓原则意识。八是杜绝疲劳驾驶，此谓效率意识。学习也一样，天时、地利、人和、目标、规则、法律、原则、效率八个方面是学习达成的大方向，驾驶追求人车合一，学习追求为人与为学同步。

如果把一个人放入一个长方体的箱子里，长、宽、高各有数据，但人是不能围于箱子之中，因为生活的舞台需要行走，支持我们行走的力量就是学习。学习的长方体之长决定于课程，相当于一场奔跑，妥当安排自己的节奏与体力；长方体之宽决定于辐射

学习,类比与迁移拓展学习的广度;长方体之高决定于纵深学习,关键处挖地三尺,危险处如履薄冰。当我们做足了功课,学习与人和谐共生,学习的追求铸就人生信念的生成。

现实中的我们长、宽、高不一,但仍然可以测量,甚至去世后,无论形体大小,肉身化成灰烬,盒子的标准都是固定的,我们都俗称"骨灰盒"。试问:人与人的区别在哪里?从来世、入世、出世、去世的行走,存在与意义体现在何处?有的人厌恶,有的人留恋,其实活着就是一场生命的聚会。从生的角度看,人生,漫漫长路!我们感叹天上的牛郎与织女一年仅见一次,聚少离多,无处话凄凉!其实大可不必惋惜,牛郎与织女反观人类也应如此。因为从死的角度看,人生,忽然而已!历史的长河奔流不息,逝者如斯。人,生的时间长还是死的时间长?从死看生,人生不过是驿站的一次休整、一时喧嚣而已。

从形体看人,再如何不一,死后不过一盒,而且是同一标准的盒子,没有什么不安的。人之生死,不安的是灵魂。灵魂之柩有多大?生之人只见肉身之柩,推想一下,死之人可见灵魂之柩。我们猜想灵魂之柩的大小:学习长方体展现的大小就是灵魂之柩的大小。长是课程,宽是辐射,高是纵深。一个秉承终生学习的人或在某一课程领域创造历史、彪炳千秋,或在某一人生节点触类旁通、有所贡献,或在某一领域执着精进、专业精湛。无论哪一方面,历史总会记载并成为后来人学习的对象,此时,被学习的人穿越了历史,或延伸长度,或拓展宽度,或增加深度,继续着思想的继续,他的灵魂之柩何其大。肉身之柩有形,灵魂之柩无形。

学习的达成就是灵魂的再生，在生表现为思想，在死表现为灵魂。人之所以成为人，是因为在于人的学习能力，不学则无法生活。追求高贵的生活，学习至上，灵魂至尚。

第三部分: 知——思维

什么是学习？学习是困境、困难、困苦的整合过程。学习的"翻转课堂"适合当今大学的教学模式，大学主要以自学为主，教师的授课也要提纲挈领。如今中学也步其后尘。中学生的情况与大学生毕竟不同，差别还不小。我认为不能完全"翻转"，高考的效率评价影响学生的人生走势，不像大学获得学位即可，弹性空间还是有的。自学与互学作为共学的补充，将学习内容与形式合理搭配，达到学习的情境与需要。学习是一段旅程，"前学习+后学习"是学习进程的始终。学习就是问路，从古今中外的文明中寻找滋养自己的营养，寻找自己的位置。学习的实质就是做一个课题: 建立数学思维的逻辑，回归生活方式的本质。

教学是艺术。

学习的高度

所谓高度，即是"一览众山小"的视野，或是居高临下的俯视。

大道至简，学习的高度在于简之又简后的条理。每一学科都体现的是学科的精髓思想。

反思教育，首先是反思理念——立德树人，这是教育的方向定位，关乎目标问题。

如何"立"？当然是从社会的角度出发，培养责任与担当的公民，培养有家国情怀与服务人民的公民。学校秉承"立德笃行、兴才盛世"的理念让教育发生，为学生的生涯、生活、生命奠定良好的基础。

如何"德"？当然是从知识的角度出发，从中华文化中汲取营养，将科学精神与人文精神完美结合，建立正确的价值观、人生观、世界观，做新时代全面发展的人。

如何"树"？当然是从学习的角度出发，运用学习之道，发挥学习场的引力作用，形成学习共同体，发展学习力、创造力、领导力，为学生终生学习奠定良好的基础。

如何"人"？当然是从学生的角度出发，励志成人，立志成才，培养自尊、自爱、自信、自强的人，培养立德、立言、立行、立业的才，让学生成为面向当今、面向世界、面向未来的人才。

反思教育，其次是课标——核心思想，这是灵魂问题，关乎质量问题。

知识是文明的标志，紧随时代的发展步伐。及时更新知识，用知识武装头脑。知识一定能改变命运。

方法是学习的关键，掌握学习的规律，形成解决问题的策略，知识才能发挥应有的价值。

思想是课程的主旨，学习的最终目标就是使人成为有思想的灵魂。

反思教育，再次是核心——人才中心，也即为人为学，成人成才。

学会学习，坚守终生学习的理念。

懂得学习，将学习作为一种生活方式。

领悟学习，让学习帮助学生成为自己。

不妨说说数学的高度问题。

我个人认为数学学习的三境界是：探索与发现、思想与方法、艺术与生活。将数学与做人结合起来，实现为人与为学的完整人格，这是数学教师的理想人格。探索与发现指的是寻找规律的过程，将世界符号化，化具体为抽象，化形为数，将迁移完美呈现，世界如此简单。思想与方法指的是系统的生成，用联系与变化来解读世界。艺术与生活指的是数学精神的体现，数学不乏美，数学不乏艺术。数学更是生活，数学使人成为一个有思想的人，数学使人成为一个睿智的人，毕竟数学的发展是哲学。

不妨说说历史的高度问题。

学习历史首先解决为什么学。一是知晓人类生活变迁的状况。从原始社会、奴隶社会、封建社会、资本主义社会发展过来，人类经历了不同的文明进程。从旧石器时代到新石器时代，从农业到手工业，从工业化到信息化，人类社会日新月异。社会在演变的同时，人类也在不断地进步。人类的文明程度越来越高，改造自然的能力越来越强，社会发展越来越迅速。二是知晓时局的发展。三是知晓为人的操守，前世之事后事之师，历史是一面镜子，引导人类的走向与未来。

学习历史应注意什么？一是注意发源史，特别是人类的初期发源状况，寻根意味着求本。二是注意实业史，人类的活动特征

就是历史的活教材。三是注意思想史，文化的发展就是历史的血脉。历史研究人类过去的活动，主要是经济、政治、教育、艺术、宗教。在研究过程中，注意从横纵两个方向建立大历史观，注意研究活的和动的人类史，特别是抓住历史的变化规律和演变进程。历史研究与科学研究不同，历史求异，科学求同；历史注重特殊性，科学追求普遍性；历史研究由微观到宏观，科学研究由宏观到微观；历史研究紧密结合地方及时代，科学冲破时空；历史在既成事实上总结、归纳、对比、分析指向过去，科学在观察和实验的基础上分析探究并预测未来；历史偏向主观，科学偏向客观；历史不讲因果，科学寻找因果。学习历史分三步走：一是寻史，搜集材料寻找史源。二是析史，断定事实，寻找证据。三是论史，知人论世，科学定论。虽然历史研究法与科学研究法不同，但是研究历史的态度与实事求是的精神与科学精神完全一致。

教育的发展可以作为历史纲目进行研究，从中我们可以发现教育轨迹，在继承与发扬中创新教育实践。教师应学点历史，防止走回头路，出现重蹈覆辙的现象，毕竟教育要面向当今、面向世界、面向未来。

不妨说说地理的高度问题。

人与自然时刻不可分，这是因为人类的生存受自然环境影响，自然环境也因人为的事实而变动。"离人无地，离地无人"。从地的角度讲，地质学、气象学、天文学均有涉及。从人的角度讲，人类学、社会学、政治学、语言学、宗教学均有涉及。那么，地理学如何从复杂的学科中进行研究呢？地理学研究人与地的

关系学，也即研究自然环境怎样影响人类的生活。注意一点，地理，先地后理，并非先理而地，也即研究自然现象事实上的人与自然。

地理学习可以从课程的三维目标寻求方向。

知识与技能。研究地理表面的自然现象，追求真理。

过程与方法。就存在的现象，结合历史上的现象、既成事实现象、人地共存现象，从现象中归纳出地理环境与人类生活的关系。

情感、态度、价值观。推断人类对于地理环境秉承的态度。

普通地理，我们只需要研究地理环境，也即地势、气候、物产。地势与国家范围有关，形成不同的国境。地势与国家之间的关系有关，国与国因山水相连而来往密切。地势也影响民族精神。地势支配文化发展的方向。气候转变民族特性、支配人类行为、影响人类身体。物产的影响主要是矿物、植物、动物。从人文环境入手，选择人类能力突出发展的地方研究人类能力的分配，选择人口最稠密的地方研究人口的分布成因，选择国家首都研究国家变迁成因。在地理环境与人文环境的交织中，文化因地理而形成，地理因文化而改造。

地理要紧紧围绕三个方面开展教学。

一是地球，地球是地理研究的载体。将地球看大，放眼银河系；将地球看小，着眼世界。地球是我们生活的家园，我们研究地理就是为了更好地保护我们的家园。二是地图，自从有了地图，地理学成为相对独立的学科，走向系统化，走向全球化。地图

汇聚了地理的诸多特征。三是原理，地球的成因及其规律有其形成过程，掌握了基本原理就认清了地理的实质。

回到中学地理的学习，教材的基础知识与地图融会贯通。学生会由一幅很简单的地图，从自然地理引出人文地理，运用地理原理与基本方法解决相关现象或计算相关数据，学习中抓住区域地理之间的差异，多比较分析成因，突出区域特色，加深对原理的理解与运用。世界给人类以不同的现象，人类应重视对现象的研究。地理让我们知地明理，实现天人合一的生态栖息。当然，如果有条件，还是要到大自然中去走走，百闻不如一见，实地考察是最好的学习与研究。读万卷书也要行万里路，就让我们从学习地理开始吧。

学习有三种呈现方式——道、术、情。

道——由原理走向方法。从学习的本质上设计学习，相比而言，高屋建瓴是上策。

术——由经验走向规律。从学习的基础上总结学习，相比而言，谆谆教导是中策。

情——由意志走向行动。从学习的情感上督促学习，相比而言，苦口婆心是下策。

道之教师是智慧型，术之教师是经验型，情之教师是责任型。

当学习达到相应的高度时，犹如认清了树干的走势，我们就可以修剪枝条，选择生长点，认清方向，重新建构学科体系，少做无用功。由博到专，由厚到薄，节省时间与精力，达到学习由外到内的过程，并通过学生自己的反思与批判重新建构个人的学习主张。由专到博，由薄到厚，从而实现学习的真实，如此而已，教育

就可以预见可遇见的未来，抑或收获意想不到的惊喜。

解决学习高度问题，其实就是实现宏观与微观的教学平衡问题。

自然·社会·生活

有什么样的自然条件、什么样的社会背景、什么样的生活状况，教育就发生什么样的故事。《偷影子的人》《摆渡人》《追风筝的人》或回归自我独白，或寻求他人解脱，或穿越时光年轮。诠释热爱生命就是关注发生、关注发现、关注发展，诠释执着生命就是学会选择、学会欣赏、学会努力。

自然、社会、生活都是场，学习也在场中发生与实现。学习场文化：涉及机制，路线图描绘始终；涉及文化，精神的力量牵引教育；涉及变化，节奏打造学习场的节气；涉及课程，春暖花开日，课堂处处生，变换时空，拓展学习场所；涉及时空，场所的切换，课程的变化，身心的健康，移步换景，一步一景；涉及资源，信息化，面向世界，面向未来，面向当下；涉及师范，规划愿景，创新机制，以身作则，激励合作，使众人行，责任担当；涉及学问，回归学问就是回归教育的本质。学习场的文化墙，打破传统形式，不妨尝试昨天、今天、明天的主题，面向当下、面向世界、面向未来的主题，与自己、与他人、与世界的主题，古、今、中、外的主题，春、夏、秋、冬的主题，为人、为学、为事的主题，听、说、读、写、思的主题。一切都是自然、社会、生活的剪辑。

静心不妨尝试学习节气的自然课程。静心也可以分析心理案例，欣赏轻音乐或古筝名曲，简笔画、素描、篆刻、书法、音乐是艺

术的课程。家训是生活的课程。艺术是热爱,热爱生活源于自然与社会,社会即是教育综合体。绘画是一种让人很有成就感的消遣,观察能力与勤奋学习决定了创作的水平。艺术需要天分,一个人不一定能成为艺术家,但一定不能少了艺术的欣赏力。从最基础的铅笔素描开始,观察生活中的静物、动物、人物、风景,专注自己的创作,静心自然而然。简笔画也是艺术的发挥,不拘泥于严格的艺术要求却能表达个性的想法。从简单入手,让感觉回归内心,有了开始也就有了未来。教育贵在寻找路径,在寻找中教育也成了自然、社会、生活。从自然、社会、生活的角度做教育,坚持三条主张:一是教育先感动自己,二是资源占有率向利用率迁移,三是极简主义。

批判性思维

2018年全国高考语文作文题:"二战"期间,为了加强对战机的防护,英美军方调查了作战后幸存飞机上弹痕的分布,决定哪里弹痕多就加强哪里。然而统计学家沃德力排众议,指出更应该注意弹痕少的部位,因为这些部位受到重创的战机,很难有机会返航,而弹痕少的部位,这部分数据被忽略了。事实证明,沃德是正确的。

要求:综合材料内容及含意,选好角度,确定立意,明确文体,自拟标题;不要套作,不得抄袭;不少于800字。

作文分析与试写:

一、真实与事实

行:梦、爱、家。

真实与事实的差别是新生。真实是一个汉语词汇，意思是与客观事实相符，语出汉荀悦《申鉴·政体》："君子之所以动天地、应神明、正万物而成王治者，必本乎真实而已。"事实：汉语词语，是指事情的真实情况，包括事物、事件、事态，即客观存在的一切物体与现象、社会上发生的不平常的事情和局势及情况的变异态势。

真实注重本质，事实注重表象。

真实注重过程，事实注重结果。

真实注重理论，事实注重实践。

真实注重人，事实注重事。

真实注重真，事实注重实。

二、批判的力量

知：综合与分析、特殊与一般、整体与局部。

批判，让我们走向真理。

三、蔽

品。

春秋战国，诸子百家，百家争鸣。蔽，蒙蔽，解蔽，即克服蒙蔽，全面地认识事物。荀子《解蔽》："凡人之患，蔽于一曲而暗于大理。治则复经，两则疑惑矣。""故为蔽：欲为蔽，恶为蔽，始为蔽，终为蔽，远为蔽，近为蔽，博为蔽，浅为蔽，古为蔽，今为蔽。凡万物异则莫不相为蔽，此心术之公患也。"修身之道，历史上的典型有不少，唐太宗李世民重用魏征，直言纳谏，清正廉明，开启贞观之治。刘备三顾茅庐，礼贤下士，重用诸葛亮，开创蜀国

基业。"何为衡？曰：道。"世间是相对的，偏执一方就会忽略另一方，权衡事物的标准就是道。遵循规律，做贤人，尽贤能。"人何以知道？曰：心。心何以知？曰：虚壹而静。"悟道从心开始，虚心、专业、静心是根本原则。注重科学与人文原则，注重理性与感性兼顾，辩证地、相对地分析问题与解决问题。

学而时习之，不亦乐乎？从实际出发，我们提出如下忠告：

一是追本溯源："问渠哪得清如许？为有源头活水来。"

二是客观全面："横看成岭侧成峰，远近高低各不同。"

三是克服困难："天若有情天亦老，人间正道是沧桑。"

四是稳定心态："行到水穷处，坐看云起时。"

五是持续学习："无情岁月增中减，有味诗书苦后甜。"

解蔽，让心灵走向永恒。

路径学说

数学创作的想法已经有一年了，如今才去实施，读了很多网购的数学专著，收获很大。结合自己二十多年的教学与教育经验，静下来做的时候感觉好大的工作量，一个上午都在思考，没有开始的决心与行动，这就好比解题，明知道有思路，但摆在面前的问题复杂而且耗时，于是，我就想应该精简我的工作思路及做法。

做任何事必须确定方向及路径，以高中数学的整理为例，我想写一本数学专著，详细阐述我的理解，打乱了专题结构，重新检索需要的习题与主张，但在实际操作过程中，我发现这个工作量很大，考虑到现在信息如此畅通的情况下，我还如此费力，不应该。为此我做了如下工作：一是阅读相当数量的数学名著，丰富我

的数学视野及境界思维；二是下载近年高考试题与模拟题，以其为精选试题题库；三是梳理现有光盘——高三一轮复习的电子版材料，以其为知识点汇集的材料并作为参考；四是将电子材料按专题整理压缩精选，初步形成高三数学复习的专题学案；五是将专题学案形成课件制作网课；六是将学案加入数学专著要素，主要是自主招生习题、数学思维方法、数学文化的内容；七是将学案习题全部按例题进行处理，与现有辅导资料（多数是习题）形成互补；八是将学案每一专题分成"识知与知识""解题与题解"两部分，同时每一部分按思想、思维、思路进行讲解。

信息时代，写作一方面是再学习，一方面是再整理，最后是再创新。每一步可有作者独特的想法与做法，否则突显不出智慧。一元二次不等式的解法，分系数就会层次分明，路径自由，解法明确。生命学特征犹如生命树，年轮是生命的刻痕，树枝就是血脉的张力表达，源头说、分合说、远近说、深浅说，每种表达都是对思维的诠释。

学习是人的生存方式，人体可分为硬件系统与软件系统两大系统，硬件系统主要包括四肢五脏六腑七窍，软件系统主要包括大脑及其神经系统。学习就是将硬件系统与软件系统整合的过程。良好的学习就是系统优化的过程，需要路径畅通，传递高效。

作为人，生存环境必不可忽视，身在红尘，尘世间的是非种种演绎人生的五光十色，人生态度自然也有路径之说。有的人是入世心态，也即以特殊的视角入世，或专攻一技，或偏安一隅，以此看待世界。有的人是出世心态，也即以一般的视角出世，或随

波逐流，或我行我素，以此看待世界。

学校教育是教育的主阵地。普通高中学校最关键的设计应该是课程中心的创造性工作。作为课程中心应本着"做学校教育的探索者"的宗旨，应本着"为人为学为高考，求真求实求进步"的精神，开展"教学与管理"的主题研究。教学工作分为"学未教"与"教未学"，前者主要围绕"课堂+课例=课题"展开，后者主要围绕"教材+教法=教案"展开，二者共同指向学生的成才。管理工作分为"管未理"与"理未管"，前者主要围绕"一日常规"与"行品知系统规划"，从一日开始，从一生做起；后者主要围绕"每日必省"与"心课程"，从心开始，从我做起，二者共同指向学生的成人。课程中心工作也是路径选择，工作流程分"平台建设、前沿视野、调查研究、学习动态、高考指导、专题讲座、成果展示"七步走。

当今学校教育面临五个转型：一是学习标准，高考改革带来的必考与选考组合，促使学校开展分层教学。尺度的把握，操作的运行存在一定的变数。二是学习内容，学生学习围绕主题、问题、习题而展开，课堂将会发生改变。三是学习形式，学期自然分为三个阶段，合—分—合的学习形式既考虑学习的吸收又考虑学习的消化。四是学习课堂，时间、地点、教师的资源整合与利用体现了学校的特色文化。五是学习班级，语文、数学、英语的必考学科基本能够固定，其他学科的流动为管理带来问题，诸如教师的轮流制、学生的学长制、活动的项目制等工作形式可能随之出现，学校与年级在品牌上力争精益求精。

学习就是寻找一条路，走向自我成才的路。

指点符号　激扬文字

从朱自清的《荷塘月色》说起。

荷塘月色

这几天心里颇不宁静。今晚在院子里坐着乘凉，忽然想起日日走过的荷塘，在这满月的光里，总该另有一番样子吧。月亮渐渐地升高了，墙外马路上孩子们的欢笑，已经听不见了；妻在屋里拍着闰儿，迷迷糊糊地哼着眠歌。我悄悄地披了大衫，带上门出去。

沿着荷塘，是一条曲折的小煤屑路。这是一条幽僻的路；白天也少人走，夜晚更加寂寞。荷塘四面，长着许多树，蓊蓊郁郁的。路的一旁，是些杨柳，和一些不知道名字的树。没有月光的晚上，这路上阴森森的，有些怕人。今晚却很好，虽然月光也还是淡淡的。

路上只我一个人，背着手踱着。这一片天地好像是我的；我也像超出了平常的自己，到了另一个世界里。我爱热闹，也爱冷静；爱群居，也爱独处。像今晚上，一个人在这苍茫的月下，什么都可以想，什么都可以不想，便觉是个自由的人。白天里一定要做的事，一定要说的话，现在都可不理。这是独处的妙处，我且受用这无边的荷香月色好了。

曲曲折折的荷塘上面，弥望的是田田的叶子。叶子出水很高，像亭亭的舞女的裙。层层的叶子中间，零星地点缀着些白花，有袅娜地开着的，有羞涩地打着朵儿的；正如一粒粒的明

珠，又如碧天里的星星，又如刚出浴的美人。微风过处，送来缕缕清香，仿佛远处高楼上渺茫的歌声似的。这时候叶子与花也有一丝的颤动，像闪电般，霎时传过荷塘的那边去了。叶子本是肩并肩密密地挨着，这便宛然有了一道凝碧的波痕。叶子底下是脉脉的流水，遮住了，不能见一些颜色；而叶子却更见风致了。

月光如流水一般，静静地泻在这一片叶子和花上。薄薄的青雾浮起在荷塘里。叶子和花仿佛在牛乳中洗过一样；又像笼着轻纱的梦。虽然是满月，天上却有一层淡淡的云，所以不能朗照；但我以为这恰是到了好处——酣眠固不可少，小睡也别有风味的。月光是隔了树照过来的，高处丛生的灌木，落下参差的斑驳的黑影，峭楞楞如鬼一般；弯弯的杨柳的稀疏的倩影，却又像是画在荷叶上。塘中的月色并不均匀；但光与影有着和谐的旋律，如梵婀玲上奏着的名曲。

荷塘的四面，远远近近，高高低低都是树，而杨柳最多。这些树将一片荷塘重重围住；只在小路一旁，漏着几段空隙，像是特为月光留下的。树色一例是阴阴的，乍看像一团烟雾；但杨柳的风姿，便在烟雾里也辨得出。树梢上隐隐约约的是一带远山，只有些大意罢了。树缝里也漏着一两点路灯光，没精打采的，是渴睡人的眼。这时候最热闹的，要数树上的蝉声与水里的蛙声；但热闹是它们的，我什么也没有。

忽然想起采莲的事情来了。采莲是江南的旧俗，似乎很早就有，而六朝时为盛；从诗歌里可以约略知道。采莲的是少年

的女子，她们是荡着小船，唱着艳歌去的。采莲人不用说很多，还有看采莲的人。那是一个热闹的季节，也是一个风流的季节。梁元帝《采莲赋》里说得好：于是妖童媛女，荡舟心许；鹢首徐回，兼传羽杯；櫂将移而藻挂，船欲动而萍开。尔其纤腰束素，迁延顾步；夏始春余，叶嫩花初，恐沾裳而浅笑，畏倾船而敛裾。可见当时嬉游的光景了。这真是有趣的事，可惜我们现在早已无福消受了。

于是又记起，《西洲曲》里的句子：采莲南塘秋，莲花过人头；低头弄莲子，莲子清如水。

今晚若有采莲人，这儿的莲花也算得"过人头"了；只不见一些流水的影子，是不行的。这令我到底惦着江南了。——这样想着，猛一抬头，不觉已是自己的门前；轻轻地推门进去，什么声息也没有，妻已睡熟好久了。

朱自清

一九二七年七月，北京清华园

首先是改变·逻辑。

时代背景：1927年的中国。

公元1927年，公历平年，共365天，53周。农历丁卯年（兔年），无闰月。

1月1日广州的国民政府迁到武汉。汉口爆发反英怒潮。

1月7日国民政府接管汉口、九江的英国租界。

2月6日龙云发动云南政变。

2月18日上海工人第二次武装起义失败。

3月21日上海工人第三次武装起义取得胜利。

4月6日张作霖派兵搜查苏联大使馆。逮捕藏身其中的李大钊等数十名国共两党人士。

4月12日蒋介石在上海发动"四·一二"政变。

4月18日蒋介石另立南京国民政府。

4月19日武汉国民政府举行第二次北伐誓师大会。

5月5日冯玉祥出师潼关,直系军阀覆没。

6月1日日本出兵青岛。

6月2日一代治学巨匠王国维去世。

7月13日中共决定从国民政府中撤出。

7月14日宋庆龄声明脱离武汉政府。

7月15日汪精卫在武汉发动反共政变。

朱自清在北京清华园写下著名的散文《荷塘月色》。

7月25日日本首相上奏日本天皇"田中奏折",企图征服中国和世界。

8月1日南昌起义爆发。

历史是人民创造的,在人民的强烈呼吁及努力下,各租界主权陆续回归国家。国民政府风云突变,各派系重组。中国共产党逆流而上,与国民党走上了不同的道路。日本的出兵与国策为历史带来了乌云。一代国学大师的选择让人深思。1927年的中国,人民、国民党、共产党、文化构成了中华民族命运的重要符号,中国未来的发展因此出现了未知数。

作者轨迹:人穷志不穷。

朱自清（1898年11月22日—1948年8月12日），原名自华，号秋实，字佩弦。现代著名作家、诗人、学者、民主战士。原籍浙江绍兴，生于江苏东海（今连云港市）。

1903—1916年定居扬州，完成小学、中学学业。

1916年考入北京大学预科，改名为朱自清，原因是入北大读预科之时，家境困窘，欲自己承担学费，而且准备提前结束预科学习，故改名为自清，为自理之意。他是五四爱国运动的参加者，受五四浪潮的影响走上文学之路。

1920年在北京大学哲学系毕业后，在江苏、浙江一带教学，积极参加新文学运动。

1922年和俞平伯等人创办《诗》月刊，是新诗诞生时期最早的诗刊。

1923年发表长诗《毁灭》，震动诗坛。

1925年8月到清华大学任教，开始研究中国古典文学；创作则以散文为主。

1927年写《背影》《荷塘月色》。

1931年留学英国，漫游欧洲，回国后写成《欧游杂记》。

1932年9月任清华大学中文系主任。

1937年抗日战争爆发，随校南迁至昆明，任西南联大教授。

1946年由昆明返回北京，任清华大学中文系主任。

1948年8月12日，朱自清贫困交加，在北京逝世。

在1927年的中国，朱自清已然青年才俊，然而国家风雨飘摇，作为经历五四运动的知识分子，后成为一代大师的朱自清，在

清华园中又是怎样的心境呢?乱世出英雄,时代造英才。中学教材中收录朱自清的作品有《匆匆》《春》《背影》《桨声灯影里的秦淮河》,今天欣赏名篇《荷塘月色》。

其次是探究·思维。

我个人认为语文核心素养是"灵魂欣赏,责任表达"。探究应从三个方面入手。

1.听、说、读、写是技能。

2.发现文字的美是方法。

3.文化走向哲学是思想。

不妨以表格的方式梳理文章的结构之美。

文章	移步	换景	生情
第一部分 (1至3段)赏夜	● 带上门出去	● 院子里	● 心里颇不宁静
	● 一条曲折的小煤屑路	● 这是一条幽僻的路	● 夜晚更加寂寞
	● 在这苍茫的月下	● 到了另一个世界里	● 独处的妙处
第二部分 (4至6段)赏景	● 荷塘上	● 月下荷塘	● 比喻
	● 月光下	● 荷塘月色	● 拟人
	● 荷塘的四面	● 树、山、光、声	● 通感
第三部分 (7至9段)赏心	● 六朝(心路)	● 六朝采莲	● 一个热闹的季节
	● 江南(心路)	● 江南故乡采莲	● 这真是有趣的事
	● 不觉已是自己的门前	● 家	● 宁静而美好

品读此文,或合作或创造,将文中描绘的景色按视角美学构图勾勒出数幅图画,并尝试用文中或自己的语言加以描绘。

再次是交流·境界。

1.文人与月色。李白、苏轼。

2.五四运动与大师精神。蔡元培、胡适、陈寅恪。

1918年第一次世界大战结束，德国战败。1919年1月18日，战胜国在巴黎召开"和平会议"。北洋政府和广州军政府联合组成中国代表团，以战胜国身份参加和会，提出取消列强在华的各项特权，取消日本帝国主义与袁世凯订立的"二十一条"等不平等条约，归还大战期间日本从德国手中夺去的山东各项权利等要求。巴黎和会在帝国主义列强操纵下，不但拒绝中国的要求，而且在对德合约上，明文规定把德国在山东的特权，全部转让给日本。北洋政府竟准备在"对德和约"上签字，从而激起了中国人民的强烈反对。1919年5月4日发生在北京的一场以青年学生为主，广大群众、市民、工商界人士等阶层共同参与的，通过示威游行、请愿、罢工、暴力对抗政府等多种形式进行的爱国运动，是中国人民彻底的反对帝国主义、封建主义的爱国运动，随后演变成全国多地的抗议活动。五四运动直接影响了中国共产党的诞生和发展，成为旧民主主义革命和新民主主义革命的分水岭和里程碑。

蔡元培是教育家、革命家、政治家。中华民国首任教育总长，1916年至1927年任北京大学校长。革新北大，开"学术"与"自由"之风，贯彻"思想自由、兼容并包"的办学思想，模式新颖，不拘一格，认为教育是国家兴旺之根本，是国家富强之根基。思想灵活，兼容并包，不因学术争议而排斥，广泛吸收各家所长。注重学生，反对呆板僵化。提倡美育、健康教育、人格教育观念。蔡元培认为：教育之于社会，有两大基本功能：一在引领，所谓

"教育指导社会，而非随逐社会也"；二在服务，"就是学校里养成一种人才，将来进社会做事"；或者"就是学生或教育，一方面讲学问，一方面效力社会"。

胡适，字适之，著名思想家、文学家、哲学家。以倡导"白话文"、领导新文化运动闻名于世。在学术上影响最大的是提倡"大胆地假设、小心地求证"的治学方法。

陈寅恪，一代文化大师，是20世纪中国知识分子的楷模，其所提出的"自由之思想，独立之精神"与其学术成就一起，成为他留给后人的最宝贵的精神遗产。

最后是选择·智慧。

学习朱自清其人与其文。朱自清是诗人，不妨以诗词解读其文章。

每个人都活在一个时代。活着必然会有诸多的无奈，在无奈中选择自己的境遇也是一种智慧。正如朱自清当年一样，社会风云变幻，一个文人如何坚守自己的人生呢？作一首小诗《选择》，人往往挣扎在向左走还是向右走的纠结中。

选　择

天上的太阳水中的月亮/哪一个更亮/山上的小树山下的大树/哪一个更高/园中的红花枝上的绿叶/哪一个更艳/学医的白求恩学文的鲁迅/哪一个更战士/西方的拿破仑东方的成吉思汗/哪一个更壮怀激烈/别人眼中的我自己眼中的我/身外的我心中的我/现在的我未来的我/哪一个更是我

选择不同的方向，人生的意义就会雕刻在历史上，正如朱

自清，时代在变，思想却在闪光，一直带给我们智慧与美。从这一点上说，人生皆因果，有因才有果，有果必有因。作一首小诗《因果》，我们要坚信生存的意义是让人类更美好，否则个人又如何建构自己活着的意义。

因　果

有些人/注定来生不相见/只因今生种下的因/有些人/注定来生再重逢/只因今生结下的果/所谓缘分/只是今生走在因果路上的一次相遇

朱自清作为经历过五四运动影响的文化名人，通过自己的作品为白话文与新诗的创作开创了自己的风格，作品朴素、清新、优美。创新是不容易的，在那个时代里走出自我更是难得，不愧为一代文化大师。作一首小诗《无题》致敬创新者。

无　题

我想创新/遭到保守者的反对/我想务实/遭到务虚者的诋毁/我想自由/遭到形式者的制约/我想表达/遭到无知者的嘲笑/后来的我们/只见后来/不再我们/唯有你我/天各一方/你在现实世界行走/我在灵魂世界思考

朱自清是西南联大的教授，远赴云南，颠沛流离，师生聚散，百感交集。同是教师，一首曾作别学生的小诗《无题》缅怀一代文人的行走人生。

无　题

冬天来临/春就不远/生长之春/必然/夏之灿烂/聚散两相依/结束即开始/师恩难忘/友谊长存/一路总关情/抬望眼/翘首

盼/金秋时节再逢君/共相聚/奔前程

当代流行歌曲《荷塘月色》堪称经典歌曲。

歌词中形、色、香、味俱全,将时光、人物、静物、动物有机融为一体:"剪一段时光缓缓流淌/流进了月色中微微荡漾/弹一首小荷淡淡的香/美丽的琴音就落在我身旁/萤火虫点亮夜的星光/谁为我添一件梦的衣裳/推开那扇心窗远远地望/谁采下那一朵昨日的忧伤/我像只鱼儿在你的荷塘/只为和你守候那皎白月光/游过了四季荷花依然香/等你宛在水中央"同样是荷塘月色,歌词借荷塘、月色、鱼儿表达心境,表达了新时代背景下的爱情观:"荷塘呀荷塘/你慢慢慢慢唱哟/月光呀月光/你慢慢慢慢听哟/鱼儿呀鱼儿/你慢慢慢慢游哟/淡淡的淡淡的/淡淡的月光"朱自清的《荷塘月色》将静写到极致,歌曲《荷塘月色》将动写到极致。

从古至今,从东到西,寻求价值认同,渐成东方哲学,品大师美文,从人文素养到个人修养,最终成为自己。

教育事业

什么是教育?不妨查找历史上的今天,搜出主题与案例,这是认识世界的路径:第一步是发生,第二步是发现,第三步是检索,第四步是检验。世界末日之说,存在于每一天,因为我们所过的每一天相对自己来说都是这一天的世界末日。

教师从事教学工作,可谓事业。事业的品质决定于专业、敬业、学业。

专业是各行业的精深程度,三百六十行,行行出状元,正所

谓术业有专攻。一个人的能力有大小，一个人的精力有限制，在有限的生命中，专业是人与人最明显的差别。教学必须掌握各学科系统知识，融会贯通，通过理论与实践相结合的方式解决专业课程问题。专业的高低取决于教师的智力、努力、学习力、理解力、创造力。不同的教师水平与风格是不同的。教师的专业性常常表现在对教材的理解与处理、知识的系统与迁移、思想的高度与深度、方法的取舍与灵活。

敬业是态度问题，关系品格与气节。教学是知识的再创造，更是人格的再传承。优秀的教师总给人以力量与鼓舞，润物无声，育人无形，这是最好的教育。人格的完善需要自我认知，许多教师的成长总是被动接受职场的约束，在统一约束下完成自己的教学。多年以后，教师的学习力逐渐消失，如果追问起来，教师会不服气，直接说我这么多年如何又如何，其实都是职场的痕迹而已。真正的人格是提升自我认知能力，知道自己的优点，不断形成自己的特色，同时也知道自己的缺点，不断弥补自己的不足。从古今圣贤中寻找自己的榜样，让气节与思想再次鲜活。敬业是言行一致的实践，说的与做的出现矛盾，人格将走向分裂。敬业是知行合一的实践，智慧的高度明显出现短板，标榜与自欺欺人现象就会出现。敬业是自我学习后的人格展现，世人始终走在学习的路上，有人停留，有人坚持，人与人的差别是很明显的。

学业是方式问题。课程是学业的基础，学生是学业的主体，教师是学业的主导，社会是学业的舞台，知识是学业的核心。完

成学业的关键是学生的特质存在。学生是人，由于社会环境与人文环境及智力水平的不同，每个人的学习力发展水平是不一样的。为此，教学必须解决学业中的学的问题，学什么？为什么学？怎样学？学到什么程度？教学一直在不同问题中寻求平衡。

社会是生态综合体，如果寻求教学的精简化，简言之就是教与学的转移，师与生的迁移。归根结底是人与人的求同存异。既然是人与人的学习之道，文化差异与文明素养决定了教师的智慧高度。特别是从学科中走出自己，建立自己的教育哲学，经得起年代考验、同伴认同、学生认可。教师也是人，正如一棵树，生命需要修剪、修理、修复，没有整理的人生，粗糙程度一览无余。

教师的事业是平凡的，之所以平凡，是因为教学是一个安静的修养过程，但凡涉及名、利、权的职场，教育一定会发生变异。名、利、权是专业、敬业、学业的天敌。为此，好的教育也需要天时、地利、人和。时代在变，社会在发展，教育让专业、敬业、学业真正地发生，未来一定更美好。

教育的本质是学习，无论教师与学生。学习人生的标志就是灵魂、读书、人格、智慧。

教师的境界升华注重五点认知：一是封存过去，一切向前；二是放弃虚伪，回归真实；三是读万卷书，行万里路；四是灵魂书写，责任表达；五是立德笃行，兴才盛世。教师的境界升华注重行动研究，将个人生活的落脚点放置在学习场、教研场、教育场。教育工作最难评价，教育工作也不能无评价。一是自我评

价，电子文件夹式展评与纸介自我评价报告相结合；二是教师互相评价，每个人彼此的理解与认同也反映合作的价值；三是学生评价，调查问卷的设计与操作必不可少；四是工作量评价，课时与教案必须明确；五是学业评价，公平公正的考试成绩是评价的主要参考依据；六是欣赏式评价，教学设计、教育故事、个人特色完全由教师个人呈现，将评价变为主动参与的行为，评价就是创造。特别建议开学之初倡议教师人手一册日记、学生人手一册日记的时光刻录行动，在记录时光的轨迹中最容易反思自己的生活，无数人通过动笔书写成就了自己丰硕的人生。成功的因素太多，但记录与反思是最不容易让人发现也最不让人重视的隐性因素。

东西方思辨。东方，综合法，终极寻意义；西方，分析法，始端找存在。人生之极就是存在与意义的交汇点。交汇后的人生，奔意义而去的失去了存在之根，奔存在而去的失去了意义之本。偏失的人生必然走向枯竭，最好的选择就是人生第二次充电，提高境界，使自己的人生轨迹由线到面进而到体的转型升级。

学习是逻辑与知识的再建构。我们来认识一下纵横学习法。纵者拓展也，横者迁移也。纵向看古今，横向看东西。纵向如语文学习：听，主题学习；说，记忆专区；读，文体分类；写，字词梳理。横向如数学学习，谈运算，从加到减，从乘到除，从乘方到开方，从指数到对数。纵向学习法指外延学习，重在综合与分析，重在融会贯通。学习三阶段：探索与发现、过程

与方法、生活与艺术。横向学习法指内涵学习，重在迁移与拓展，重在触类旁通。学习三层次：知识、能力、价值，也即知、行、品的核心素养。

"阅读＝读法＋读人""阅读＝境界的提升＋灵魂的塑造"。从歌德的《少年维特之烦恼》中读懂青春也读懂歌德，从鲁迅《药》中读懂了时代的伤也看清了伤的时代。从作品的环境、人物、故事中回到时代的原点，历史再一次被还原，以此为鉴，从这山望见了那山，可怜无数山。读书是智慧的碰撞。读书是有进程安排的：围绕主题、分类阅读、谈古论今、灵感拾贝、学会孤独、追寻意义、发现自我、雕刻生命。读书就是读岁月。不同年代不同年龄的人读同一本书、读同一个人，味道是不同的，这是岁月的力量。有人认为生活不仅是苟且，还有远方和诗，如此说来就淡化了未来，强调的重心还是暂时苟且。我特别不欣赏"苟且"一词。如果生活本可以随波逐流，顺势而为，有人却独辟蹊径，逆流而上，这不是生活的苟且，而是为远方和诗所做的努力。盲从是人类的愚钝之举。灵魂跟不上行动是愚者的存在，行动跟不上思想是智者的存在，在灵魂与思想间行走，执两用中，方为思路。坚守灵魂，坚持思想，坚定思路。数学教师需读五类书：一是高考研究，二是竞赛教程，三是几何画板，四是数学名著，五是高等数学。学生也可从上述五类书籍中寻找学习方向，为立志于数学研究打下坚实的基础。

学校教育的关键字：教、学、课、题。教：教材、教法、教案；学：怠学、劝学、知学；课：课堂、课程、课题；题：主题、问题、习题。

致青春

青春逐梦，岁月结缘，壮志骄阳，人生豪迈，你从我的世界路过，携丝丝芬芳，每次的选择都值得尊重。远离尘嚣，近求真知，路遥修远，上下求索，将学习进行到底，伴缕缕书香，所有的努力都值得珍藏。人生驿站，卓越起航。励志成人，立志成才，奏起生命的旋律，书写时光的故事，恰逢其时的相遇总会回味成美好。

期待金秋时节、青春之梦开始的地方，不见不散。